Una noche con un príncipe

ANNA DEPALO

Editado por HARLEQUIN IBÉRICA, S.A.
Núñez de Balboa, 56
28001 Madrid

I.S.B.N.: 978-84-9000-435-7
Depósito legal: B-23411-2011
Editor responsable: Luis Pugni
Preimpresión y fotomecánica: M.T. Color & Diseño, S.L.
C/ Colquide, 6 portal 2 - 3º H. 28230 Las Rozas (Madrid)
Impresión en Black print CPI (Barcelona)
Fecha impresion para Argentina: 13.2.12
Distribuidor exclusivo para España: LOGISTA
Distribuidor para México: CODIPLYRSA
Distribuidores para Argentina: interior, BERTRAN, S.A.C. Vélez
Sársfield, 1950. Cap. Fed./ Buenos Aires y Gran Buenos Aires,
VACCARO SÁNCHEZ y Cía, S.A.
Distribuidor para Chile: DISTRIBUIDORA ALFA, S.A.

Capítulo Uno

Acababa de ser testigo de un descarrilamiento.

No en el sentido literal, pensaba Pia durante el banquete de bodas. Pero un desastre tal en sentido figurado es igual de terrible.

Es extraño presenciar tal cosa desde la nave de una iglesia, con metros de satén color marfil a la vista y el aroma de los lirios y las rosas entremezclándose en el aire del mes de junio.

Como organizadora de bodas que era había tenido que hacer frente a multitud de desastres. Novios que eran presa del pánico propio de antes del enlace. Novias que habían engordado tanto que no cabían en sus vestidos. Incluso una vez se había dado el caso de que un padrino se había tragado uno de los anillos. Pero nunca habría esperado que su amiga, tan práctica como era, se viera afectada por este tipo de problemas en su propia boda. Por lo menos, eso había pensado dos horas antes.

Los invitados se habían quedado boquiabiertos en sus bancos cuando el marqués de Easterbridge recorrió la nave y anunció que conocía una razón por la que la boda de Belinda Wentworth y Tod Dillingham no podía celebrarse. Y esa razón era que el apresurado y secreto matrimonio de Belinda con Colin Granville, actual marqués de Easterbridge, nunca había sido anulado.

La flor y nata de la sociedad neoyorquina se había quedado aturdida en bloque, pero nadie cometió la torpeza de protagonizar un desmayo, ya fuera real o fingido.

Algo que Pia agradeció. Poco puede hacer una organizadora de bodas una vez que el perro se ha comido la tarta, que un taxi ha salpicado de barro el vestido de novia o, como en este caso, que el marido legítimo de la novia, por el amor de Dios, decide presentarse en la boda.

Pia no se movió de la nave central. «Ay, Belinda, ¿por qué no me contaste nunca que te casaste en Las Vegas con el peor enemigo de tu familia, ni más ni menos?».

Pero en el fondo conocía la respuesta. Belinda estaba arrepentida de aquello. Pia pensó en cómo se estaría sintiendo ahora su amiga. Ésta y Tamara Kincaid, una de sus damas de honor, eran sus dos mejores amigas en Nueva York.

Se echó en parte la culpa a sí misma. Podría haber visto e interceptado a Colin, como habría hecho una buena organizadora de bodas. ¿Por qué no se había quedado a la entrada de la iglesia?

La gente se preguntaría por qué la organizadora del evento no se había preocupado de mantener al marqués de Easterbridge bien lejos e impedir una catástrofe pública que había arruinado la boda de su amiga y su propia reputación profesional.

Al pensar en el impacto que aquello tendría en su joven empresa, Pia Lumley Wedding Productions, sintió ganas de llorar.

La boda Wentworth-Dillingham debería de haber sido el evento más importante de su carrera. Se había establecido por su cuenta apenas un par de años antes, tras una larga trayectoria como asistente en una gran empresa de organización de eventos.

Aquello era horrible, una pesadilla. Tanto para Belinda como para ella misma.

Hacía cinco años había llegado a Nueva York procedente de una pequeña ciudad de Pensilvania, nada más terminar la universidad. Nunca había imaginado que su sueño de triunfar en Nueva York terminaría así.

Como para confirmar sus peores temores, después de que la novia, el novio y el marido de ella desaparecieran supuestamente para solucionar lo que no tenía solución, una señora de la alta sociedad se dirigió a ella.

—Pia, querida, ¿no viste que se acercaba el marqués? —le susurró la señora Knox.

Pia habría querido decir que no tenía ni idea de que el marqués era el marido de Belinda y que, en cualquier caso, si así era no hubiera servido de nada tratar de interceptarlo. Pero se calló por lealtad a su amiga.

Los ojos de la señora Knox refulgieron.

—Podrías haber evitado este espectáculo.

Era cierto. Pero Pia pensó que aun en el caso de que se hubiera propuesto detenerlo, el marqués parecía un hombre muy decidido, además de bastante más alto y corpulento que ella.

Así pues, decidió hacer lo único que estaba en su mano para tratar de salvar el día. Tras consultarlo rápidamente con miembros de la familia Wentworth, animó a los invitados a dirigirse a la recepción que se celebraba en el Plaza.

Y allí estaba, observando a los invitados y a los camareros que recorrían la sala sosteniendo fuentes de entremeses. El constante murmullo de las conversaciones la ayudó a relajar los hombros, aunque su cabeza seguía agitada.

Se concentró en su respiración, una técnica de relajación que había aprendido hacía tiempo para afrontar a novias en crisis y bodas estresantes.

Estaba segura de que Belinda y Colin encontrarían una solución. Podrían enviar un comunicado a los medios de comunicación que empezara con las palabras: «Debido a un desafortunado malentendido…».

Todo acabaría bien.

Volvió a pasear la vista en derredor y entonces vio a un hombre alto de cabello rubio oscuro al otro lado de la sala.

A pesar de que estaba de espaldas, a Pia le resultó familiar y un presentimiento hizo que se le erizara el vello de la nuca. Cuando se giró para hablar con un hombre que se le había acercado, Pia pudo verle la cara. Se quedó sin aliento. El mundo acababa de detenerse en seco.

Cuando pensaba que el día no podía ir peor, aparecía *él*. James Fielding, el hombre menos apropiado para ella.

¿Qué estaría haciendo allí?

No lo veía desde hacía tres años, cuando él entró y salió de su vida como un relámpago. Pero era imposible no reconocer a aquel adonis dorado y seductor.

Tenía casi diez años más que ella, que tenía veintisiete, pero el muy maldito no los aparentaba. Llevaba el cabello rubio más corto de lo que ella recordaba, pero seguía siendo igual de fuerte e impresionante con su más de uno noventa de estatura.

La expresión de su rostro era afectada, no divertida y despreocupada como lo había sido en el pasado.

Una mujer nunca olvida a su primer amor, sobre todo cuando éste desparece sin dar explicaciones.

Pia comenzó a andar hacia él sin darse cuenta. No tenía ni idea de lo que iba a decir, pero sus pies la impulsaban hacia delante mientras la ira recorría sus venas.

Al acercarse se percató de que James estaba hablando con un conocido gestor de fondos de cobertura de Wall Street, Oliver Smithson.

«Su Excelencia…», estaba diciendo éste.

Pia estuvo a punto de perder el equilibrio. ¿Su Excelencia? ¿Por qué iba alguien a dirigirse a James de ese modo? En aquella sala había una gran cantidad de aristócratas británicos, pero incluso a los marqueses se les trataba de milord. Que ella supiera, «Su Excelencia» era una forma de tratamiento reservada a… los duques.

¿Estaría bromeando Oliver Smithson? No parecía muy probable.

Tuvo un momento de duda, pero ya era demasiado tarde. James la había visto. Pia comprobó con satisfacción que la había reconocido.

Estaba muy apuesto con un esmoquin que resaltaba su espléndido físico. Sus rasgos faciales eran uniformes, si bien su nariz no era ni mucho menos perfecta. La mandíbula era firme y cuadrada. Unas cejas ligeramente más oscuras que el pelo enmarcaban unos ojos que la habían fascinado durante la única noche que pasaron juntos pues tenían la capacidad de cambiar de color.

De no haber estado tan airada, el impacto de tanta perfección masculina podía haberla dejado sin sentido. En su lugar, sintió un cosquilleo en las terminaciones nerviosas.

Era comprensible que hubiera sido una tonta tres

años atrás, se dijo. James Fielding era puro sexo embutido en un atuendo civilizado.

–Nuestra encantadora organizadora de bodas –dijo Oliver Smithson, ajeno a la tensión que se mascaba en el ambiente–. Ha sido un giro imprevisible, ¿no cree?

Pia sabía que el comentario se refería al drama ocurrido en la iglesia, pero igual podría aplicarse a la situación que vivía en ese momento ya que nunca habría esperado encontrarse con James allí.

Smithson se dirigió a ella.

–¿Conoce a Su Excelencia, el duque de Hawkshire? ¿El duque de…?

Pia abrió los ojos como platos. ¿Así que era duque de verdad? ¿Sería verdad que se llamaba James?

Un momento, ella podía responder a esa pregunta, pues había visto la lista de invitados a la boda. Lo que no había sabido era que James Carsdale y el noveno duque de Hawkshire eran la misma persona.

Sintió que se mareaba.

James miró a Oliver Smithson.

–Gracias por intentar presentarnos, pero lo cierto es que la señorita Lumley y yo ya nos conocemos –dijo antes de dirigirse a ella–. Podéis llamarme Hawk; así lo hace casi todo el mundo.

Sí, se conocían íntimamente, pensó Pia amargamente. ¿Cómo se atrevía Hawk a adoptar esa actitud tan serena y arrogante?

–S-sí, ya ha tenido el placer –respondió ella elevando la barbilla.

Se ruborizó de inmediato. No le había salido el sofisticado juego de palabras que pretendía. Al contrario, había quedado como una niña nerviosa e ingenua. Le fastidió haber tartamudeado. Había visto a un terapeuta durante años para eliminar ese defecto del habla originado en la infancia.

Hawk, que había captado el mensaje, entornó los ojos y le lanzó una mirada intensa y sensual que hizo que a Pia se le tensaran los pechos y el abdomen.

—Pia.

Al oír su nombre pronunciado por aquellos cincelados labios se sintió invadida por una oleada de recuerdos. Una noche de apasionado sexo entre las blancas sábanas de su cama…

—Qué placer tan… inesperado —dijo Hawk haciendo una mueca con los labios, como si estuviera siguiéndole el juego.

Antes de que ella pudiera contestar, un camarero se detuvo junto a ellos y les ofreció una fuente de canapés de *baba ghanoush*.

Pia miró los aperitivos y decidió ir a por todas.

—Gracias —dijo al camarero y, volviéndose hacia el duque, sonrió con dulzura—. Tiene un sabor delicioso. Que aproveche.

Y, sin más dilación, le esturreó el puré de berenjenas por toda la cara. A continuación se dio la vuelta y se encaminó hacia la cocina del hotel.

Mientras avanzaba registró débilmente las miradas asombradas del gestor y de otros invitados antes de abrir las puertas giratorias de la cocina. Si su reputación profesional no estaba arruinada todavía, ahora iba a quedar por los suelos. Pero merecía la pena.

Hawk tomó la servilleta que le tendía un diligente camarero.

—Gracias —dijo con flema típicamente aristocrática mientras se limpiaba el *baba ghanoush* de la cara.

—Vaya, vaya… —acertó a decir Oliver Smithson.

–Está delicioso, aunque un poco agrio.

Se refería tanto al aperitivo como a la pequeña y explosiva mujer que se lo había proporcionado. Se preguntó dónde se habría metido su amigo Sawyer Langsford, conde de Melton, pues no le vendría mal su ayuda para calmar los caldeados ánimos. Sawyer era pariente lejano del novio, además de un buen amigo de Easterbridge.

Hawk se dio cuenta de que Smithson lo miraba con curiosidad, preguntándose sin duda qué decir en un momento tan embarazoso como aquél.

–Discúlpeme –dijo y, sin esperar respuesta, se fue detrás de Pia.

Pensó que no debería mostrar tan poco interés en un buen contacto de trabajo, pero tenía un asunto urgente del que ocuparse.

Empujó la puerta giratoria de la cocina y entró en ella. Pia se giró para mirarlo.

Estaba igual de atractiva que el día en que se conocieron. Su cuerpo, compacto y curvilíneo, estaba enfundado en un ajustado vestido de satén. Tenía el cabello rubio oscuro recogido en un práctico pero glamuroso moño. Y luego estaba su piel, suave como la seda, sus sensuales labios y aquellos ojos color ámbar pálido. Unos ojos que lo miraban relampagueantes.

–¿H-has venido a buscarme? –preguntó Pia–. Pues llegas tres años tarde.

Hawk admiró su espíritu combativo.

–He venido a comprobar cómo estabas. Te aseguro que si hubiera sabido que estabas aquí…

Los ojos de Pia se abrieron enfurecidos.

–¿Qué habrías hecho? ¿Salir corriendo en dirección contraria? ¿No habrías aceptado la invitación a la boda?

–Este encuentro ha sido tan inesperado para mí como para ti.

Lo cierto es que no la había visto hasta que ella se había acercado a él durante el banquete. En la iglesia había cuatrocientos invitados, más una persona a la que claramente no había invitado nadie. Y todo el mundo, incluido él, se había quedado boquiabierto ante la presencia de Easterbridge. ¿Quién se habría imaginado que la novia tenía un marido escondido, que no era ni más ni menos que el marqués terrateniente más célebre de Londres? Pero aquello no había sido nada comparado con la sorpresa de encontrarse con Pia y ver la mezcla de sorpresa y dolor en su rostro.

–Inesperado y desafortunado; de eso estoy segura, «Excelencia» –replicó Pia–. No recuerdo que mencionaras tu título la última vez que nos vimos.

–En aquel momento no había heredado el ducado.

–Pero tampoco eras James Fielding a secas, ¿verdad? –contraatacó.

Él no supo qué decir, por lo que se quedó callado.

–¡Ya me lo temía! –saltó ella.

–Mi nombre completo es James Fielding Carsdale y ahora soy el noveno duque de Hawkshire. Antes era Lord James Fielding Carsdale o, simplemente, «Señoría», aunque prefería prescindir del título y de la formalidad que éste conlleva.

Lo cierto era que en sus días de playboy se había acostumbrado a ir de incógnito bajo el sencillo nombre de James Fielding, algo que le ahorraba la compañía de molestas cazafortunas, hasta que finalmente la farsa y su hábito de desaparecer sin dar explicaciones había herido a alguien: Pia.

11

No se había convertido en el heredado del título ducal de su padre hasta que su hermano William, su hermano mayor, murió en un trágico accidente. Se había limitado a ser Lord James Carsdale, el hijo pequeño y despreocupado que se había sacudido de encima las responsabilidades inherentes a la condición de duque. Había tardado tres años, durante los cuales asumió dichas responsabilidades, en darse cuenta de lo desconsiderado que había sido y del daño que había causado. Especialmente a Pia. Se alegraba de volver a verla, de tener la posibilidad de arreglar las cosas.

Pia frunció el ceño.

—¿Estás sugiriendo que tu comportamiento es excusable sólo porque me diste tu verdadero nombre?

Hawk suspiró.

—No, estoy intentando confesarte la verdad, por si sirve de algo.

—No sirve de nada —le informó ella—. La verdad es que te tendría totalmente olvidado de no ser porque se me ha presentado la oportunidad de preguntarte por qué desapareciste sin dejar rastro.

Estaban empezando a atraer las miradas curiosas de cocineros y camareros.

—Pia, ¿podemos hablar de todo esto en otro sitio? —preguntó Hawk mirando en derredor—. Estamos contribuyendo al melodrama del día.

—Créeme cuando te digo que he estado en suficientes bodas como para saber que esto no es en absoluto un melodrama. Un melodrama es cuando la novia se desmaya en el altar o cuando el novio se va de luna de miel él solo. ¡No cuando la organizadora de bodas discute con un ligue de una noche que además es un patán!

Hawk se quedó callado. No cabía duda de que Pia estaba muy enfadada. Seguramente, el trastorno de la boda la había afectado más de lo que estaba dispuesta a admitir. Y, por si eso fuera poco, él había vuelto a aparecer en su vida.

Pia cruzó los brazos y dio un taconazo en el suelo.

—¿Siempre sales huyendo la mañana después?

No, sólo de la única mujer que había resultado ser virgen, o sea, ella.

Se había sentido atraído por su rostro en forma de corazón y su curvilínea figura. A la mañana siguiente se dio cuenta del lío en el que se había metido.

Hawk no se enorgullecía de su comportamiento. Pero ya no era el que había sido.

Aunque todavía se moría de ganas de acercarse a ella, de tocarla…

Apartó el pensamiento de su mente. Se acordó del rumbo que había tomado su vida desde que se convirtió en duque, y ese rumbo no incluía volver a fastidiarle la vida a Pia. Esta vez, deseaba compensarla por lo que había hecho, por la ofrenda que ella le había hecho sin él saberlo…

Se inclinó hacia ella.

—¿Quieres que hablemos de secretos? —preguntó en voz baja—. ¿Cuándo habías pensado informarme de que eras virgen?

El pecho de Pia subía y bajaba agitadamente.

—O sea, que ahora tengo yo la culpa de que te largaras…

Él enarcó una ceja.

—No, pero admitamos que ninguno de los dos fuimos del todo sinceros aquella noche.

Tras acompañarla a su apartamento, un pequeño

13

estudio en el barrio noreste de Manhattan, se habían comportado con responsabilidad antes de intimar. Él había querido dejarle claro que estaba limpio y a cambio ella le había permitido arrebatarle su virginidad... sin querer.

Maldita sea. Ni siquiera en sus días de joven irresponsable había deseado ser el primer amante de una mujer. No quería recordar ni ser recordado. No cuadraba con su estilo de vida despreocupado.

Ella aseguraba haberlo olvidado. ¿Sería verdad o lo habría dicho por orgullo?

Porque él no había conseguido sacársela de la cabeza, y bien que lo había intentado.

Como respondiendo a su pregunta Pia lo miró con callada furia y se dio la vuelta.

—E-esta vez, soy yo la que se va. Adiós, Excelencia.

Se internó en las profundidades de la cocina, dejando a Hawk cavilando a solas sobre el fortuito encuentro, la puntilla a un día verdaderamente terrible.

Pia se había quedado perpleja por su inesperada aparición y el descubrimiento de su verdadera identidad. Pero también estaba preocupada: la «casi boda» de Belinda no iba a tener buenas consecuencias para su empresa. Y la manera en que Pia le había hecho probar el *baba ghanoush* delante de algunos estupefactos invitados no contribuía a mejorar las cosas.

Era obvio que Pia necesitaba ayuda. Y, a pesar del incidente de la berenjena y de la acalorada discusión que habían mantenido, él se sentía en la obligación de arreglar las cosas.

Con esa idea en mente, Hawk comenzó a idear un plan.

Capítulo Dos

Cuando Pia regresó a casa tras la recepción en el Plaza no trató de volver a exorcizar a Hawk de su vida. Al contrario, tras apartar a Mr. Darcy, su gato, de la silla que tenía frente al ordenador, abrió Google y escribió el nombre y el título de Hawk.

James Fielding Carsdale, noveno duque de Hawkshire.

Internet no la decepcionó, pues le ofreció multitud de resultados en pocos segundos.

Hawk había fundado Sunhill Investments, un fondo de cobertura, hacía tres años, poco después de haberle arrebatado su virginidad y desaparecer. La empresa iba bien y Hawk y sus socios se habían hecho multimillonarios. Qué rabia. Le costaba aceptar que después de haberla dejado tirada le hubiera sonreído la fortuna en lugar de sentir la ira de la justicia cósmica.

Sunhill Investments tenía sede en Londres, pero había abierto una oficina en Nueva York recientemente. La presencia de Hawk a ese lado del Atlántico podía pues deberse a algo más que el enlace Wentworth-Dillingham.

Pia siguió investigando mientras rascaba las orejas de Mr. Darcy. Lo había adoptado hacía tres años y vivía con ella en el apartamento de dos habitaciones al que se acababa de mudar en la parte más modesta del barrio noreste de Manhattan.

El hecho de que el apartamento fuera de renta fija y desgravable le permitía pagar un espacio situado en los límites del mundo en el que ella quería introducirse: el de las escuelas privadas para futuras debutantes, familias adineradas y edificios custodiados por porteros con gorra y uniforme.

Había decorado el apartamento con elegancia e imaginación pues a veces recibía visitas de clientes potenciales. Pero la mayor parte de las veces era ella la que se desplazaba a ver a sus clientas en sus elegantes y lujosas casas.

Hizo clic con el ratón. Unos minutos después apareció en pantalla un viejo artículo del *Diario Social de Nueva York* que hablaba de Hawk. Salía una fotografía de éste entre dos modelos rubias, con una copa en la mano y un brillo pícaro en la mirada. Según el artículo, Hawk frecuentaba los círculos sociales de Londres sobre todo y, en menor medida, de Nueva York.

Pia frunció los labios. Al menos el artículo confirmaba que ella era su tipo en cuanto a físico, pues parecía sentirse inclinado por las rubias. Aunque con su metro sesenta y cinco de estatura, era bastante más baja, además de más rellenita, que las modelos escuálidas y patilargas que salían en la foto.

Lo único bueno de la situación era que la delezntable conducta de Hawk de tres años atrás le había dado el coraje para establecerse por su cuenta y fundar la empresa organizadora de bodas que llevaba su nombre. Se había dado cuenta de que había llegado el momento de dejar de esperar a que llegara al príncipe azul y tomar las riendas de su vida. Habría sido patético que mientras él triunfaba en el mundo financiero ella hubiera estado suspirando por él.

Había prosperado tanto como él. Y Hawk podía irse a freír espárragos con sus millones.

Aun así, no podía dejar de buscar información sobre él en Internet. Tras media hora de búsquedas descubrió que había salido con modelos, actrices e incluso con un par de cantantes. Había formado parte de la élite antes de convertirse en ejecutivo de éxito.

Qué ingenuidad por su parte esperar algo más que una noche con él. Había sido una estúpida.

Aunque no había sido solamente una cuestión de ingenuidad. Había sido engañada, utilizada y abandonada por un jugador experimentado. Se apartó del ordenador y se dirigió a su habitación. Se quitó mecánicamente el vestido de satén y se puso los pantalones del pijama y una camiseta sin mangas de color melocotón. Se quitó el maquillaje, se aplicó crema hidratante y se lavó los dientes en el cuarto de baño. De nuevo en su dormitorio, se sentó ante la mesa de tocador y empezó a quitarse las horquillas. Una vez suelto el pelo se lo cepilló mirándose en el espejo. Nunca había sido un bellezón, pero a juzgar por los comentarios ocasionales que había recibido desde que dejó el colegio, era «monilla». Pero decidió hacer autocrítica. ¿Había algo en ella que hacía que la gente se aprovechara de ella? ¿Acaso tenía escritas en su cara las palabras «Soy una presa fácil»?

Se puso en pie suspirando y tras apagar la luz de la mesita de noche se metió en la cama. Sintió cómo Mr. Darcy se subía a la cama de un brinco y se acurrucaba junto a su pierna.

Volvió la cara hacia la ventana, sobre la que empezaban a caer gotas de lluvia. Había sido un día largo y agitado y estaba exhausta. Pero a pesar del cansancio no conseguía conciliar el sueño.

Se sorprendió al notar las lágrimas resbalando por su rostro, como si fueran un reflejo de la lluvia que caía fuera. Hacía mucho tiempo que no lloraba por Hawk. Éste no había llegado a invadir su santuario, pues se había mudado de apartamento desde entonces, pero sí había dormido en esa misma cama.

Maldito Hawk.

Con un poco de suerte, no tendría que verlo nunca más. Lo había superado y aquélla iba a ser la última vez que derramaría lágrimas por él.

Déjà vu. Hawk paseó su mirada por la pintoresca finca que los Melton tenían en Gloucestershire y que no era muy diferente de la que su propia familia poseía en Oxford. Un edificio de piedra caliza de siglos de antigüedad rodeado de hectáreas de idílica campiña, en pleno esplendor bajo el cálido sol de agosto. En sitios como aquél se filmaban películas de época.

Su amigo Sawyer Langsford, conde de Melton, iba a casarse con la Honorable Tamara Kincaid, una mujer que no había estado muy dispuesta a bailar con él en el fallido enlace Wentworth-Dillingham dos meses antes.

Pensando en bodas, Hawk reconoció que había llegado a un punto en su vida en el que su carrera se había estabilizado y, a la edad de treinta y seis años, la responsabilidad de producir un heredero para el ducado comenzaba a presionarle.

En sus tiempos mozos había salido con multitud de mujeres. Había disfrutado de su papel de hijo pequeño que, a pesar de tener un trabajo estable en el mundo financiero, sabe disfrutar de los placeres de la vida, en contraste con su hermano mayor, el heredero, que era más responsable.

Y ahora, uno de sus mejores amigos, iba a casarse. Sawyer había invitado a Hawk a una boda íntima que contaría solamente con la presencia de familiares y amigos cercanos. También estarían presentes Easterbridge, amigo de la novia, y su esposa Belinda Wentworth, que sin embargo acudiría sin su «casi marido», Tod Dillingham.

Y Hawk sabía de buena tinta que la organizadora de la boda era ni más ni menos que Pia Lumley. Sawyer lo había puesto sobre aviso. Daba la casualidad de que Tamara Kincaid era buena amiga de Pia.

Como invocada por sus pensamientos, Pia apareció por las puertas francesas que daban a la terraza en la parte posterior de la casa y se dirigió al denso césped donde se encontraba Hawk.

Parecía tierna e inocente, y Hawk sintió remordimientos. Así había sido tres años atrás cuando la conoció, y la abandonó.

Llevaba una camisa blanca con las mangas enrolladas por encima de los codos, unos pantalones de algodón de color lima y unas bailarinas rosas. Los pantalones marcaban sus curvas y tras el cuello abierto de la camisa se adivinaba algo de escote. Tenía el cabello rubio recogido en una coleta y sus labios carnosos brillaban. Hawk sintió que se le encogía el estómago.

Se sentía atraído hacia ella, a pesar del incidente de la berenjena ocurrido la última vez que se vieron. Ella era atractiva y desprovista de artificios, lo que la hacía muy diferente de muchas de las mujeres de su círculo social. Representaba todo lo que él deseaba y todo lo que no podía tener.

Tenía treinta y seis años y era muy consciente de sus responsabilidades desde que había heredado el ducado. Entre otras cosas, tenía el deber de engendrar un heredero al título, que tenía siglos de antigüedad. Su madre esperaba que se casara con alguien de su clase y extracción social y a tal fin se había impuesto la tarea de presentarlo a mujeres casaderas, entre las que se encontraba Michelene Ward-Fombley, una mujer que según algunos habría sido una magnífica duquesa consorte para su hermano mayor antes de que William muriera.

Apartó de su mente las conversaciones que había mantenido con su madre desde el otro lado del Atlántico acerca de sus expectativas.

Mientras caminaba por el césped, Pia alzó la vista y vio a Hawk. Tras unos instantes de vacilación, siguió avanzando hacia él, con clara reticencia. Era obvio que él se interponía entre Pia y el lugar al que se dirigía.

Hawk trató de romper el hielo.

–Sé lo que estás pensando.

Ella lo miró con altanería.

–No nos hemos visto en tres años –continuó él– y ahora nos encontramos por segunda vez en dos meses.

–Créeme, es tan poco agradable para mí como para ti –replicó deteniéndose ante él.

Él escrutó su rostro inclinando la cabeza hacia un lado. Sólo había pretendido hacer un comentario jocoso.

Un mechón de pelo se escapó de la coleta y le acarició la mejilla. Él tuvo que hacer un esfuerzo para no tocar su piel suave y deslizar el pulgar por su mandíbula. Aspiró el ligero aroma a lavanda que él relacionaba con ella desde la primera noche que pasaron juntos. No podía evitar sentirse atraído por ella.

–¿Q-qué estás haciendo? –preguntó ella.

–Estoy comprobando que no tienes canapés escondidos en alguna parte. Quiero estar preparado por si se produce otro ataque de misiles.

Su intento de bromear fue acogido con una mirada gélida.

–Estoy aquí para asegurarme de que esta boda va como la seda.

–Ah, ¿estás tratando de desagraviar tu imagen?

Pia se quedó sin palabras durante unos instantes y él constató que su conjetura era correcta. Pia seguía preocupada por su empresa. El fallido enlace de Belinda Wentworth había dañado su reputación profesional.

Pia no tardó en recuperar el habla.

–Mi única preocupación es que tú y dos de tus compatriotas, Easterbridge y Melton, formáis parte de todo esto. No me explico cómo otra de mis amigas ha podido mezclarse con gente como vosotros. Mira lo que Easterbridge le hizo a Belinda.

–¿Lo que Colin le hizo a Belinda? –preguntó Hawk retóricamente–. ¿Te refieres a cuando anunció que ella seguía siendo su mujer?

Pia entornó los ojos y frunció los labios.

Hawk había comenzado la conversación con la intención de reconciliarse con Pia, pero provocarla le estaba resultando irresistible.

–Según tú, que tienes tanta experiencia con la etiqueta nupcial, ¿los maridos no tienen derecho a hablar?

–El marqués no tenía ninguna necesidad de hacerlo durante la boda. Habría bastado con una discreta nota del abogado de él al de ella.

–Quizá Easterbridge no supo de la inminente boda de Belinda con Dillingham con suficiente antelación. Quizá hizo lo posible por evitar que se cometiera un delito. La bigamia es un delito en muchos sitios, incluido Nueva York. ¿Lo sabías?

–¡Lo sé perfectamente!

–Eso me tranquiliza.

Pia le lanzó una mirada suspicaz.

–¿Tú estabas al tanto de lo que se proponía hacer Easterbridge?

–Ni siquiera sabía que Easterbridge estuviera casado con Belinda.

Hawk se alegró de dejar claro este punto, pues era obvio que Pia sospechaba que él mantenía un doble juego como invitado de Dillingham y amigo de Easterbridge. Pero no sólo no sabía que Easterbridge hubiera estado casado anteriormente, sino que sospechaba que la única razón por la que había sido invitado a la boda en junio era que Belinda quería cimentar relaciones sociales importantes.

–Yo no me explico cómo se le ocurrió a Belinda casarse con un amigo tuyo hace dos años. Y en Las Vegas, para más inri –contraatacó Pia.

–A lo mejor es que mis amigos y yo somos irresistibles –replicó con guasa.

–Sé de buena tinta que eres irresistible para las mujeres.

Hawk enarcó las cejas y se preguntó si Pia se estaría refiriendo a sí misma. ¿Acaso lo había encontrado, no sólo atractivo, sino irresistible?

–En cuanto me enteré de tu verdadero nombre

hice una búsqueda en Internet que me proporcionó valiosa información –explicó Pia echando por tierra las esperanzas de Hawk.

Éste no tuvo ninguna duda en cuanto a lo que había revelado dicha búsqueda. Se estremeció al pensar en lo que las revistas de cotilleos habían publicado sobre él años atrás. Las mujeres, las juergas…

–Hace tres años, cuando busqué el nombre James Fielding en Google y no encontré nada especial debería haber sido más precavida, ¿sabes? Claro que «Fielding» es un apellido tan común…

Él frunció los labios.

–Mis ancestros se estarán revolviendo en la tumba por ser calificados «comunes».

–Ay, perdóname, Excelencia –replicó Pia mordazmente–. Puedes estar seguro de que conozco el protocolo debido a tu rango.

Por mí el protocolo puede irse al infierno, quiso responder Hawk. Era una de las razones por las que prefería ser conocido simplemente como James Fielding. Pero desde que había heredado el título ducal ya no podía permitirse ese lujo. Era irónico que al recibir el título de duque de Hawkshire había obtenido riquezas que la mayoría de hombres ansían, pero había perdido lo que más echaba de menos: anonimato, cierto grado de libertad y el ser valorado por sí mismo.

–Háblame de tu empresa –dijo él de repente, dando un giro a la conversación–. Creo recordar que hace tres años trabajabas en una empresa organizadora de eventos y tenías planes de establecerte por tu cuenta.

Pia lo miró desafiante.

–Como puedes ver, fundé mi propia empresa. Poco después de tu repentina desaparición, de hecho.

–¿Me estás diciendo que me lo tienes que agradecer a mí? –se burló Hawk con aristocrática altanería.

–Decir que te lo tengo que agradecer a ti es ir demasiado lejos. Pero creo que tu huida me dio el impulso necesario para volar con mis propias alas. Al fin y al cabo, no hay nada como una momentánea decepción para alimentar las ganas de triunfar en otra área de la vida.

Hawk hizo un amago de sonrisa. Se arrepentía de sus acciones pasadas pero se preguntó qué diría ella si supiera de sus responsabilidades actuales.

–La decoración en la boda de Belinda fue muy original –dijo él tratando de ser conciliador–. La paleta de colores en oro y lima no es habitual.

Al ver la expresión de sorpresa en el rostro de Pia, continuó:

–No tienes por qué sorprenderte de que me fijara en esos detalles. Después de saborear el *baba ghanoush,* contemplar la decoración se convirtió en una actividad muy interesante.

Se había fijado en la decoración porque tenía curiosidad por cualquier cosa que revelara algo sobre ella.

–Me alegro de que mi esfuerzo tuviera al menos una consecuencia positiva –respondió ella secamente.

–¿Es de suponer que las consecuencias para tu empresa no fueron del todo satisfactorias? –Pia adoptó una expresión recelosa–. ¿Qué tipo de boda te gustaría tener a ti, Pia? No me cabe duda de que te la has imaginado varias veces.

Hawk sabía que estaba jugando con fuego, pero no le importó.

–Me dedico al negocio de las bodas –respondió Pia con frialdad–, no al del romance.

Sus ojos se encontraron durante unos instantes...
hasta que una voz llamó a Pia por su nombre.

Ambos se giraron hacia la casa al mismo tiempo y
vieron a Tamara bajando las escaleras de la terraza.

–Pia –llamó Tamara caminando hacia ellos por el
césped–. Te he estado buscando por todas partes.

–Me dirigía al pabellón –respondió Pia–. Quiero
ver qué se puede hacer con él.

Tamara miró a uno y a otro con curiosidad.

–Me alegro de haberte encontrado –dijo Tamara
antes de entrelazar su brazo con el de su amiga–. No
te importa que me la lleve, ¿verdad, Hawk? Quiero
decir... Excelencia.

Y sin esperar respuesta, condujo a Pia hacia el pabellón.

–Eso pensaba.

Hawk hizo una mueca con los labios. Tamara no
era precisamente ceremoniosa. Aunque era hija de un
vizconde británico se había criado en Estados Unidos
y, como bohemia diseñadora de joyas que era, mani-
festaba unas tendencias decididamente democráticas.
No cabía duda de que había acudido al rescate de Pia,
como una gallina clueca haría con un polluelo.

–En absoluto –murmuró Hawk dando un paso atrás.

Observó a ambas mujeres alejándose por el césped.

Pia se giró brevemente para mirarlo, y él le devolvió la mirada solemnemente.

La charla le había proporcionado mucha información. No había andado desencaminado al suponer
que la empresa organizadora de bodas de Pia necesitaba ayuda tras el enlace de Belinda. Aunque el hecho
de que la empresa hubiera sobrevivido más de dos

años indicaba algo. Pia tenía talento, y lo había desarrollado desde aquella noche que pasaron juntos.

Con ese pensamiento en mente, comenzó a caminar hacia la casa. Su hermana iba a casarse pronto. Tenía que hablar con ella.

Capítulo Tres

Mientras caminaban hacia el pabellón Pia notó que Tamara la miraba de reojo.

–Espero no haber interrumpido nada –comentó Tamara–. Pensándolo mejor, espero haberlo hecho.

De pronto, Tamara se detuvo para hablar con un miembro del servicio y Pia quedó sumida en los recuerdos de la noche en que Hawk y ella se conocieron.

La música retumbaba en los taburetes del bar, en las mesas y en las paredes. Todo vibraba. Había mucho ruido y el local estaba atestado de gente.

A Pia no le entusiasmaban los bares, pero había ido a aquél con una compañera de la empresa organizadora de eventos en la que trabajaba con el fin de hacer contactos entre chicas jóvenes y sus novios.

La gente aficionada a las fiestas solía acudir a ellas. Y su jefe poco menos que obligaba a sus empleados a asistir a eventos después del trabajo para encontrar nuevos clientes. Pero a Pia no le interesaban las fiestas de aniversario ni las celebraciones de mayoría de edad.

A ella lo que le gustaba eran las bodas.

Algún día, su sueño de tener su propia empresa organizadora de bodas se haría realidad. Mientras tanto, se abrió paso entre el gentío hasta llegar al bar. Pero su escasa estatura le impedía llamar la atención del camarero.

A su lado, un hombre hizo un gesto al barman y pidió un martini. Ella lo miró y contuvo el aliento mientras él le sonreía con despreocupación.

–¿Quieres beber algo? –le ofreció.

Era uno de los hombres más atractivos que había visto nunca. Era alto, de un metro noventa más o menos. Su pelo, rubio oscuro, estaba algo alborotado y sus ojos de color avellana brillaban salpicados de motas verdes y doradas. Su nariz no era demasiado perfecta, como si se la hubiera roto alguna vez, pero ello no hacía sino acrecentar su magnetismo. Al sonreír se le formaba un hoyuelo en la mejilla derecha.

Pero lo más importante era que la estaba mirando a ella con cálido interés. Era lo más parecido al hombre ideal que había visto en su vida. Y, a sus veinticuatro años, no había tenido más amantes que los que habitaban su imaginación, algo que no habría confesado a nadie.

–Un cosmopolitan, por favor –contestó, deseando sonar sofisticada.

Él asintió y tras hacer una seña al camarero, pidió su bebida. Se volvió hacia ella sonriendo.

–¿Eres una «chica cosmo»?

Pia consideró la pregunta durante unos instantes.

–Depende. ¿Y tú? ¿Eres un experto en el ligoteo?

Él rió. Tenía un acento difícil de catalogar, pero a ella le pareció detectar un ligero deje británico.

–¿Has venido con alguien?

Pia sabía que le estaba preguntando si estaba con un hombre.

–He venido con Cornelia, una compañera de trabajo, pero creo que la he perdido entre el gentío.

–Estupendo. Pues empecemos con las presentaciones. Una mujer tan *bella* y *encantadora* como tú sólo puede llamarse…

Ella no pudo evitar sonreír.

–Pia Lumley.

–Pia –repitió él.

Oír su nombre pronunciado por aquellos cincelados labios le provocó escalofríos. La había llamado bella y encantadora. Su hombre ideal tenía una voz de ensueño.

–James Fielding –se presentó él.

En ese momento el barman se inclinó hacia ellos y dejó dos bebidas sobre la barra. James le tendió el cosmopolitan y alzó su martini.

–Salud –dijo entrechocando su vaso con el de ella.

Pia bebió un pequeño sorbo. Era más fuerte de lo que solía beber cuando iba de fiesta: cerveza sin alcohol o zumo de frutas, pero quería parecer sofisticada.

Sospechaba que James estaba habituado a mujeres mundanas. Y ella se había acostumbrado a proyectar una imagen elegante y refinada cuando se trataba de conseguir clientes para la empresa, pues éstos no deseaban que sus fiestas, que costaban un riñón, quedaran en manos de una chica inexperta procedente de la provinciana Pensilvania.

James señaló con la cabeza a una pareja que se levantaba de una mesa cercana.

–¿Quieres sentarte?

–Gracias –dijo ella deslizándose en el asiento acolchado.

Mientras James tomaba asiento a su izquierda sintió que la recorría un escalofrío. Él quería continuar la conversación y ella se sentía feliz de haber mantenido su interés.

Los hombres no solían tratar de ligar con ella. No se consideraba fea, pero era bajita y sencilla y solía pasar desapercibida. Era una chica mona, no una de esas mujeres que despiertan lujuria y pasión.

Él la miraba sonriente.

–¿Eres nueva en Nueva York?

–Depende de lo que entiendas por nueva –replicó–. Llevo dos años aquí.

–¿Y viniste de un cuento de hadas llamado…?

Pia rió.

–Cenicienta, por supuesto. Soy rubia.

–Por supuesto.

James extendió el brazo en el respaldo del asiento y le acarició un mechón de pelo con los dedos.

Pia contuvo la respiración.

–Tienes un tono de rubio precioso –murmuró–. Es dorado como el trigo, como un rayo de sol.

Lo miró a los ojos y pensó que podría pasarse horas perdida en la fascinante mezcla de tonos que allí encontraba.

James inclinó la cabeza, los ojos chispeantes.

–Bueno, Pia –continuó con su voz suave y profunda–. Broadway, Wall Street, moda, publicidad en *El diablo viste de Prada*...

–Nada de lo que has dicho.

Él enarcó las cejas.

–Es la primera vez que fallo.

–¿La primera? –preguntó ella con fingido asombro–. Siento haber estropeado tu historial.

–No te preocupes. Confío en que tu discreción no dañe mi reputación.

Estaban flirteando –al menos, él– y ella le estaba siguiendo el juego. Era superemocionante. Nunca había flirteado con un hombre de esa manera y mucho menos con uno como James.

–Soy organizadora de eventos –explicó–. Organizo fiestas.

–Ah –sus ojos brillaron–. Una chica juerguista. Espléndido.

Ella quiso puntualizar que organizar fiestas no equivalía a ser una juerguista, pero no lo hizo.

–¿Y tú? ¿Qué haces en Nueva York?

Él se enderezó y dejó caer el brazo del respaldo.

–Me temo que soy un tipo normal y corriente con un trabajo aburrido en el sector financiero.

–Tú no tienes nada de normal y corriente –saltó ella arrepintiéndose al instante.

Él volvió a sonreír y su hoyuelo reapareció.

–Me halaga que pienses así.

Pia volvió a beber pues él y su sonrisa le estaban provocando unas sensaciones extrañas. Sintió junto a ella su muslo musculoso enfundado en unos pantalones color beis. No llevaba corbata y la línea enérgica de su cuello era bien visible tras el cuello abierto de su camisa azul celeste.

Él se quedó mirando un punto cercano a su clavícula.

–Llevas un collar muy original.

Se trataba de una cadena de plata de ley de la que colgaba un pez volador. Era julio y hacía calor y llevaba puesto un vestido de tubo azul turquesa. El collar era uno de sus accesorios preferidos.

Se ruborizó al pensar que entre el color del vestido y el colgante seguramente parecía un estanque. Maldición. ¿Por qué no lo habría pensado esa mañana cuando se vistió?

Pero James no parecía estar riéndose de ella. Pia se llevó las manos al colgante.

—Es un regalo de mi amiga Tamara, una diseñadora de joyas fabulosa que trabaja aquí, en Nueva York. Me gusta pescar.

—Pues eso es algo que tenemos en común.

Pia no tenía razón para sorprenderse. Por supuesto que a él también le gustaba la pesca; al fin y al cabo era su hombre ideal.

—¿Te gusta pescar? —se trataba de una pregunta retórica.

—Desde que tenía tres o cuatro años —respondió él—. ¿Qué tipo de pesca practicas?

Pia rió, algo avergonzada.

—Huy, de todo un poco: perca, trucha… En la zona oeste de Pensilvania, donde me crié, hay muchos lagos. Mi padre y mi abuelo me enseñaron a cebar y a lanzar el sedal. También a montar a caballo y a… ordeñar vacas.

No se podía creer que acabara de confesar que sabía ordeñar vacas. ¿Cómo iba él a considerarla sofisticada ahora?

Pero James parecía fascinado.

—Así que montas a caballo… Mejor todavía. Yo monto desde que aprendí a andar. Aunque no puedo decir lo mismo de ordeñar vacas.

Pia se ruborizó.

—Pero sí que esquilé unas cuantas ovejas en una granja ovejera en Australia…

—Bueno, tú ganas.

—Eres una buena perdedora.

—También pesco con mosca —añadió ella.

Él sonrió.

–Un punto para ti. No hay muchas mujeres dispuestas a estar todo el día en botas de pescador esperando a que pique un pez.

–Pues para que lo sepas, me quedo más quieta que un camaleón en una rama.

–Pues a mí me resultaría muy tentador meterte una rana en las botas –bromeó él.

–Si te atrevieras a hacer algo así, te dejaría fuera de combate.

–Creí que las heroínas de los cuentos de hadas se hacían amigas de las ranas –replicó él sin malicia.

–Las besan –explicó ella.

–Mmm… ¿te gustaría probar?

–Y-yo…

Menudo momento para volver a tartamudear. Sin esperar a que ella diera su aprobación, James se inclinó hacia ella y depositó un suave beso sobre su boca. Pia sintió que la recorría una corriente eléctrica y separó los labios. Él los tenía suaves y sabían a su bebida. El gentío pareció desvanecerse mientras ella se concentraba en cada una de las caricias que él le brindaba con su boca.

En el momento en que el beso empezaba a tornarse más apasionado él se apartó y adoptó una expresión pensativa y atónita a un tiempo.

–¿Qué te ha parecido?

–P-pues que no te pareces en nada a la rana Gustavo.

James sonrió.

–¿Y qué opinas de mi técnica de pesca? ¿Has mordido mi anzuelo?

–James.

El momento se vio interrumpido por un hombre que se había acercado a ellos. Pia se enderezó.

–El consejero delegado de Inversiones MetaSky está aquí, James –anunció el hombre mirando a Pia por encima–. Te lo voy a presentar.

Pia pensó que aquel hombre tendría más o menos la misma edad que James. Podía ser un amigo o un compañero de trabajo. Y quienquiera que fuera aquel consejero delegado parecía ser importante que James lo conociera. Si no, su amigo no se habría molestado en ir en su busca en un bar abarrotado.

James se volvió hacia ella.

–¿Te importaría…?

–¡Por fin te encuentro, Pia! Te estaba buscando.

Cornelia apareció entre el gentío.

Pia esbozó una amplia sonrisa mirando a James.

–Como ves, no tienes que preocuparte de dejarme sola.

James asintió.

–¿Me disculpas?

–Por supuesto.

Pia controló su decepción mientras James se ponía en pie. No dijo que volvería. Y ella sabía que no podía contar con su regreso. Sabía que los ligues de bar eran efímeros, transitorios.

Pero su lado romántico creía en el destino. James era el hombre más imponente que había conocido nunca.

Dos horas más tarde empezó a resultarle difícil mantener a raya su desilusión. No había visto a James desde que se fue y, aunque le había pasado su tarjeta de visita a dos chicas que habían expresado un interés superficial en contratar a una organizadora de eventos, no había conseguido establecer nuevos contactos.

Tras pagar al barman, se levantó del taburete dando un suspiro. Cornelia se había marchado veinte minutos atrás mientras Pia conversaba con un cliente potencial.

Conseguir contactos era la parte de su trabajo que le resultaba más difícil. Siendo de Pensilvania no contaba con una amplia red social en la ciudad. Y verse rechazada por extraños le resultaba descorazonador. Pensó que el telemarketing seguramente sería peor, pero al menos los agentes que se dedicaban a él lidiaban con el rechazo telefónico y no cara a cara.

Estaba claro cuál había sido el momento estelar de la noche. James había mostrado un interés genuino en ella. Sintió que se le encogía el corazón.

Había llegado el momento de marcharse. Cuando volviera a su apartamento de la zona menos elegante del Upper East Side encendería el DVD y se perdería en una de sus películas favoritas de Jane Austen. Aquello le serviría de consuelo.

Pero en cuanto salió del bar se dio cuenta de que estaba diluviando. Cobijándose bajo el toldo del bar estudió su indumentaria. Aunque sus sandalias tenían tacones, iba a calarse los pies. Y pese a que llevaba un pequeño paraguas en el bolso no había tenido en cuenta la posibilidad de que lloviera cuando se vistió aquella mañana.

Su única esperanza era encontrar un taxi, pero le iba a resultar difícil en esas circunstancias. Además, dado su exiguo sueldo, los taxis constituían un lujo que trataba de evitar. La única alternativa era caminar hasta el metro y luego recorrer la larga distancia que separaba la estación de su apartamento.

Mientras decidía qué hacer rodeó su cuerpo con

los brazos para entrar en calor. La puerta del bar se abrió tras ella.

—¿Necesitas un coche?

Era James.

Paradójicamente, se sintió avergonzada, como si hubiera sido ella la que le hubiera dejado plantado a él.

—Pensé que te habías marchado ya —espetó.

—Me fui, pero volví a entrar. Conversé con el consejero delegado de MetaSky aquí fuera, donde podíamos oírnos el uno al otro y hablar con más tranquilidad —miró en derredor—. Entonces no llovía.

Ella parpadeó.

—¿Necesitas un coche? —volvió a preguntarle.

Pia trató de recuperar su dignidad.

—Estoy b-bien. Estaba decidiendo cómo volver a casa: andando, remando o nadando.

Su sonrisa se hizo más amplia.

—¿Y qué te parecería ir en coche?

Ella enarcó las cejas.

—¿Cómo vas a encontrar un taxi vacío con este tiempo?

Sabía que la lluvia hacía que desaparecieran todos los taxis de Nueva York.

—Yo me encargo.

Vio cómo James recorría la calle con la mirada. Pasaron dos taxis por su lado pero sus luces indicaban que estaban ocupados. Mientras esperaban charlaron de trivialidades. Quince minutos después James vio que alguien descendía de un taxi en el cruce más cercano. Salió corriendo y levantando la mano con autoridad llamó la atención del taxista.

Abrió la puerta del vehículo y la invitó a entrar en él.

—¿Dónde vives? Le daré tu dirección al taxista.

Pia se dio cuenta de que aquello era una excusa para averiguar dónde vivía. James hacía que todo pareciera sencillo y natural.

–¿Te vas? ¿No quieres compartir el taxi? –preguntó ella–. ¡Te estás empapando! Tendría que haberte dado mi paraguas pero saliste corriendo tan de repente...

James la miró sonriente. Aun con el pelo y el rostro calados estaba increíblemente guapo.

–Gracias por el ofrecimiento –dijo él.

Sin saber a ciencia cierta si lo aceptaría, Pia se deslizó en el asiento para hacerle sitio. Unos instantes después él entró en el vehículo y tomó asiento a su lado.

Pia sintió alivio mezclado con agitación. Era la primera vez que salía de un bar con un hombre, pues solía ser prudente. Y también era la primera vez que un hombre ligaba con ella en un bar.

–Vivo en la Primera Avenida, por el número 80 –le dijo cuando éste ya había cerrado la portezuela–. Espero que no te resulte una molestia. No sé en qué dirección vas tú.

–No pasa nada –contestó él–. Te acompaño a casa primero.

Pia se dio cuenta de que no se había pronunciado respecto a si lo estaba desviando de su camino o no. Inclinándose hacia el cristal que separaba el asiento trasero de los delanteros le dio la dirección al taxista, que se puso en marcha sin más dilación.

Durante el trayecto siguieron hablando de cosas varias. Pia descubrió que él tenía treinta y tres años, ella tenía veinticuatro, lo que le hacía mayor que los chicos con los que había salido en el instituto y la universidad en Pensilvania.

Le habló de su sueño de abrir su propia empresa. James no la consideraría una cría inexperta si supiera que tenía planes de montar un negocio. Él se mostró entusiasmado ante la idea y la animó a llevar adelante el plan.

Mientras conversaban Pia se preguntó si él también estaría sintiendo la tensión sexual.

No tardaron en llegar a su edificio. James se giró hacia ella y la miró.

–Ya hemos llegado.

–¿T-te gustaría subir? –preguntó sorprendiéndose a sí misma.

Había dado un paso atrevido.

James la miró de una manera significativa.

–Claro… Me encantaría.

Él pagó el taxi y ambos corrieron hacia la entrada de su casa protegiéndose bajo el diminuto paraguas. Encontró las llaves en un tiempo récord y entraron en el vestíbulo huyendo de la lluvia y el frío.

El estudio de Pia se hallaba en la última planta de un edificio de piedra rojiza de cuatro pisos. Vivía sola, por lo que no tenía que preocuparse de la aparición inoportuna de una compañera de piso.

Mientras subían las escaleras sintió cierta ansiedad por invitar a James a conocer su pequeño apartamento.

Pero no tuvo mucho tiempo para preocuparse por ese asunto pues no tardaron en llegar al último piso. Pia insertó la llave en la puerta y entraron en el piso.

Depositó el bolso sobre una silla y vio cómo él recorría el estudio con la mirada. Su presencia dominaba el pequeño espacio más de lo que ella había imaginado. Allí no estaban rodeados de gente que neutralizara el magnetismo que irradiaba, que mitigara la atracción sexual que había entre ellos.

Sus ojos se encontraron.

—Qué agradable.

Pia había tratado de darle un aspecto alegre al apartamento. Cerca de la puerta había colocado una mesita flanqueado por dos sillas y la había adornado con un jarrón de peonías y tulipanes. La cocina se extendía a lo largo de una pared y enfrente había un sofá de dos plazas. Un tabique separaba el dormitorio del resto de la vivienda.

Se pasó nerviosamente la lengua por los labios. No podía apartar la vista de su camisa mojada, que marcaba los músculos de sus brazos y hombros.

Era la primera vez que hacía algo así.

—Pia.

Pia salió bruscamente de su ensimismamiento al oír la voz de Tamara. El sirviente con el que ésta había estado hablando se dirigía hacia la parte posterior del edificio. Hawk había desaparecido. Seguramente había entrado en la casa.

—Siento haberte dejado aquí plantada.

Pia esbozó una sonrisa radiante.

—No te preocupes. Estás en tu derecho, eres la novia.

Y ella misma estaba en su derecho de mantenerse lejos de Hawk hasta que terminara la boda...

Capítulo Cuatro

Pia caminaba por la calle 79 del Upper East Side de Manhattan buscando el número de casa correcto. El día anterior había recibido una llamada de Lucy Montgomery, que quería contratarla para su boda. La idea de tener un nuevo proyecto le hizo dar un salto de alegría, pues aquel verano no había mucho movimiento en la empresa.

Desde la boda Wentworth-Dillingham su teléfono había sonado pocas veces, pero no quería deprimirse por ello. Ella no había tenido la culpa de la primera parte de la catástrofe, pero si la boda hubiera sido un éxito rotundo la habrían llamado más novias interesadas en sus servicios.

Cierto era que había colaborado en la boda de Tamara el mes anterior, pero aquél había sido un enlace íntimo en Inglaterra, por lo que su ayuda no contaría mucho a los ojos de la sociedad neoyorquina. También había organizado una boda en Atlanta, pero a decir verdad, había sido contratada para ello antes del descalabro nupcial de Belinda.

Era finales de septiembre y corría una ligera brisa. Las nubes se estaban amontonando en el cielo y en el aire se respiraba la amenaza de la lluvia. Mientras recorría las calles más elegantes de Manhattan, se alegró de haberse puesto una gabardina con cinturón que la protegiera de los elementos.

Una vez encontró la casa que estaba buscando se detuvo a inspeccionar el impresionante edificio de piedra caliza que se extendía en cuatro plantas. Una gran verja negra de hierro forjado custodiaba la fachada. Unos escalones de piedra subían a las puertas dobles de la puerta de entrada en el centro del edificio. El piso bajo tenía, en lugar de ventanas, puertas francesas rematadas con unos balconcillos.

No cabía duda de que Lucy Montgomery era de familia adinerada. Aquella casa era un buen ejemplo de la época dorada de Manhattan.

Pia subió los escalones y golpeó la puerta con los nudillos antes de apretar el timbre.

Unos instantes después, un hombre de avanzada edad vestido de blanco y negro abrió la puerta. Pia se presentó y el mayordomo la condujo al salón tras tomar su gabardina.

El salón era espectacular. Tenía unos techos altísimos adornados con molduras y una chimenea de mármol. Estaba decorado en tonos rosas y dorados y amueblado con antigüedades tapizadas en telas estampadas y de rayas.

Pensó que debería reconocer el estilo pero nunca conseguía diferenciar el estilo Luis XIV del de sus sucesores, Luis XV y Luis XVI. En cualquier caso, el lujo era el lujo.

Tomó asiento en uno de los sofás que flanqueaban la chimenea y contempló la habitación mientras inspiraba profundamente para calmar los nervios.

Quería causarle una buena impresión a Lucy Montgomery. Se había vestido con esmero, decidiéndose por un elegante vestido clásico de manga corta color melocotón y zapatos de tacón beis. Joyas, las justas. Había escogido colores nupciales, a pesar de ser un día nublado, porque eran alegres y las novias se identificaban con ellos.

En ese momento se abrió la puerta del salón y apareció Lucy, sonriente. Era una chica rubia y atractiva, delgada y de altura media. Tenía los ojos color avellana. Vestía una camisa de color salmón y una falda color tostado por la rodilla rematada con un cinturón ancho y negro. Sus piernas bronceadas delataban el tiempo pasado en uno de los hoteles de playa que frecuentaban los ricos y famosos.

Pia calculó que Lucy sería de su misma edad, si no más joven.

Se puso en pie para estrechar la mano que le tendía su anfitriona.

—Gracias por aceptar esta cita. Te he dado poca anticipación —se disculpó Lucy, que tenía un deje británico—. Estaba a punto de bajar cuando Ned me dijo que estabas aquí.

—No ha sido ninguna molestia, señorita Montgomery —respondió Pia sonriendo a su vez—. La atención al cliente es lo primero para mi empresa.

—Llámame Lucy, por favor.

—Entonces tú puedes llamarme Pia.

—Bien —respondió Lucy alegremente mientras consultaba la hora en el reloj—. Pediré que nos traigan el té, si te parece bien. Me temo que los británicos consideramos que ésta es la hora del té.

—Sí, por favor. Sería estupendo.

Lucy se dirigió hacia la puerta y habló en voz baja con uno de los sirvientes, tras lo cual volvió al sofá con Pia.

—Vayamos al grano —dijo Lucy—. Estoy desesperada y necesito ayuda.

Pia inclinó la cabeza y sonrió.

–Muchas novias piensan eso en algún momento durante su compromiso. Lo primero, me gustaría darte la enhorabuena.

–Gracias. Mi prometido es americano. Lo conocí cuando trabajaba en una obra de teatro.

Pia alzó las cejas.

–¿Eres actriz?

–Actriz clásica, sí –replicó Lucy con orgullo e, inclinándose hacia Pia con complicidad, añadió–: Era uno de los productores.

El dinero llama al dinero, pensó Pia. Era normal, la gente adinerada tendía a moverse en los mismos círculos sociales. Pero, a juzgar por la ilusión reflejada en su cara, parecía que estaba realmente enamorada de su prometido.

–Verás –explicó Lucy–, Derek y yo pensábamos casarnos el verano que viene, pero acabo de conseguir un papel en una obra nueva y tenemos que adelantar la boda. Parece que todo ocurre a la vez. Ahora mismo estoy trabajando en otra producción y no tengo tiempo de organizar nada.

Lucy abrió las manos en actitud de indefensión.

–¿Cuánto queréis adelantarla?

Lucy sonrió como disculpándose.

–Me gustaría casarme el día de Nochevieja.

Pia mantuvo el tipo.

–Tres meses. Perfecto.

–La iglesia ya está reservada y, por pura casualidad, el Puck Building está disponible para la celebración.

Pia se relajó. Lo más importante ya estaba organizado.

Las dos mujeres conversaron sobre otros pormenores durante unos minutos.

–Ah, el té. Perfecto –dijo Lucy al tiempo que una mujer de mediana edad se acercaba a ellas bandeja en mano.

A Pia le estaba cayendo muy bien Lucy. Tenía un carácter alegre y daba la sensación de que trabajar con ella iba a ser fácil.

–Gracias, Celia –dijo Lucy inclinándose hacia la bandeja depositada en una mesa frente a ellas–. ¿Cómo lo tomas?

Antes de que Pia pudiera responder, Lucy volvió a mirar hacia la puerta.

–Hawk –saludó Lucy con una sonrisa–. Qué bien que vengas a tomar el té con nosotras.

Pia miró en la misma dirección y se quedó helada.

Era él.

Imposible.

¿Qué estaba haciendo allí?

Pia sintió un vértigo emocional. Llevaba una camiseta verde y unos pantalones color caqui, el estilo informal que lo caracterizaba, y parecía estar deambulando despreocupadamente por la casa.

Pia miró a Lucy, boquiabierta.

–Te presento a mi hermano, James Carsdale –dijo Lucy con una sonrisa, ajena por completo a la situación.

Miró a su hermano con expresión traviesa.

–¿Tengo que recitar todos tus títulos o basta con que Pia sepa que eres el duque de Hawkshire?

–¿Carsdale? –repitió Pia tratando de centrar su mirada en Lucy–. Pensé que te apellidabas Montgomery.

–Pia sabe que soy aristócrata –explicó Hawk al mismo tiempo.

Ahora le tocó a Lucy sorprenderse. Miró alternativamente a Pia y a su hermano.

44

—Tengo la sensación de que he llegado a la obra en el segundo acto. ¿Hay algo que debería saber?

Pia se giró hacia Lucy.

—Tu hermano y yo… nos conocemos —contó Pia lanzándole una mirada asesina a Hawk.

Éste enarcó una ceja.

—Nos conocemos bastante.

—Habla en pasado —le reprendió Pia.

—Tú no me dijiste que conocías a Pia. Simplemente me diste su número diciendo que te la habían recomendado por ser una organizadora de bodas excelente.

—Y es verdad —respondió Hawk.

Lucy arqueó las cejas.

—¿Y te la han recomendado, o la recomiendas tú personalmente?

Hawk inclinó la cabeza a modo de disculpa y miró a Pia con expresión burlona.

—Sí —intervino Pia con acidez—, tu hermano es un experto en el arte de no contar toda la verdad.

Lucy miró a uno y a otra con interés.

—En el teatro diríamos que éste es un momento de alta tensión dramática. Y yo que pensaba que era la única de la familia que tenía dotes teatrales…

Pia se puso en pie y tomó su bolso.

—Gracias por el té, Lucy, pero no voy a quedarme.

Al pasar junto a Hawk de camino a la puerta él la tomó por el codo. Pia se quedó paralizada. Era la primera vez en tres años que la tocaba. Y muy a su pesar no pudo evitar estremecerse al sentir el roce de Hawk. Su piel se erizó ante su cercanía.

Pia se obligó a mirarlo. En momentos como aquél se lamentaba de su corta estatura. Hawk la superaba en

45

todos los aspectos: en altura, en aplomo, en importancia...

–Me gustaría hablar contigo a solas.

Hawk la condujo fuera del salón. Pia echaba chispas, pero no protestó. No tenía sentido hacer una escena delante de su hermana.

Pero una vez en el recibidor se apartó de él.

–Haz el favor de llamar a tu mayordomo y pedirle mi abrigo. Me iré y así pondremos fin a esta farsa.

–No –respondió Hawk cerrando la puerta del salón.

–¿Cómo que no?

Cómo podía tener tanta cara dura.

Hawk sonrió con tristeza.

–¿Por qué dejas pasar la oportunidad de decirme lo que piensas de mí? O mejor aún, dímelo con algo de comida –señaló con un gesto la habitación de la que acababan de salir–. He visto varios bollos ahí dentro.

–Dejaré que se los coma Lucy.

Sus miradas se encontraron.

–Parece que hemos llegado a un punto muerto. Me niego a dejarte marchar hasta que hayamos hablado. Podemos hacerlo a las malas y montar un numerito delante de Lucy o retirarnos a un sitio más tranquilo.

–No me dejas elección –espetó Pia con la barbilla en alto.

Sin más dilación, Hawk la dirigió a una salita al otro lado del recibidor y cerró la puerta tras ellos. Pia pensó que se hallaban en un estudio o biblioteca. Tenía estanterías de obra, una chimenea de mármol tan impresionante como la del salón y un imponente escritorio frente a los ventanales. El mobiliario era oscuro, tapizado en cuero. Eran claramente los dominios de Hawk.

Pia se giró para enfrentarse a él.

–No tenía ni idea de que eras familia de Lucy. Me dijo que se llamaba Lucy Montgomery. De otro modo…

–¿… no hubieras venido? –terminó la frase por ella, en tono irónico.

–Naturalmente.

–Montgomery es el nombre artístico de Lucy. Es un apellido que aparece en nuestro árbol genealógico.

Pia enarcó las cejas.

–¿Es que los Carsdale utilizáis varios apellidos distintos?

–Cuando nos conviene.

–Y supongo que os conviene cuando queréis seducir a una mujer….

–¿Eso fue para ti? ¿Un ejercicio de seducción? –murmuró él–. ¿Del que fuiste víctima?

–Fue un truco muy sucio.

–Pero al fin y al cabo, te viste seducida por un hombre, no por su título.

Pia detectó un deje de sinceridad en su voz, pero no se dejó engatusar.

–Tú has planeado todo esto –lo acusó–. Has organizado que yo viniera aquí a sabiendas de que yo no tenía ni idea de que…

Se quedó sin palabras.

–Pero no es una farsa –replicó Hawk–. Mi hermana necesita adelantar su boda y, que yo sepa, tú te dedicas a organizar eventos.

–¡Sabes de sobra a qué me refiero!

–¿Y lo bien que te va a venir este contrato?

Pia abrió mucho los ojos.

–No sé de qué estás hablando. No estoy tan desesperada.

–¿Ah, no? –dijo Hawk–. Has dado a entender que últimamente no estabas muy ocupada.

Los ojos de Pia se abrieron aún más.

–Nunca juegues al póquer.

–¿Quieres reparar agravios?

–En cierto modo.

Pia se le quedó mirando con las manos en las caderas. Dudó que se sintiera culpable por cómo la había tratado en el pasado. Era un jugador experimentado que olvidaba fácilmente. Así lo demostraba el hecho de que hubiera tardado tres años en volver a acercarse a ella. Sólo se le ocurría otra razón por la quisiera que organizara la boda de Lucy.

–Me imagino que te sientes responsable de que fuera un amigo tuyo el que dañara mi reputación profesional estropeando la boda de Belinda –aventuró.

Hawk vaciló e inclinó la cabeza a un lado.

–Supongo que «responsabilidad» es un término acertado.

Pia lo observó. Hawk le estaba lanzando un salvavidas profesional y sería una tontería no aprovechar la oportunidad. ¿Qué mejor manera de decirle a la sociedad que todo iba bien que organizar la boda de la hermana del hombre al que había estampado un plato de *baba ghanoush*?

–Lucy no forma parte de la alta sociedad neoyorquina, pero la familia de su futuro marido sí –continuó Hawk como si percibiera su vacilación–. Esta boda podría ayudarte a consolidar tu empresa. Y Lucy está muy metida en el mundo del teatro. ¿A que nunca has organizado la boda de una actriz?

Pia meneó la cabeza.

–La boda de Lucy te abrirá muchas puertas.

–¿Q-quién me contrataría?

Se odió a sí misma por preguntarlo, y más aún por tartamudear, pero la pregunta le había salido sola.

–Te contrataría yo, pero eso no es más que un pequeño detalle técnico.

–Será para ti.

–Soy el cabeza de familia y Lucy es muy jovencita; no tiene más que veinticuatro años. Lo mínimo que puedo hacer por ella es ayudarla a desembarazarse del pesado escudo de protección familiar. Lucy fue una bendición inesperada para mis padres; vino diez años después de que mi madre trajera al mundo al heredero y al segundón.

Pia comenzó a flaquear. Le había caído muy bien la hermana de Hawk; sentía una afinidad natural por ella, más al saber que no era más que tres años más joven que ella. Lucy tenía la misma edad que Pia cuando conoció a Hawk.

Si su propia historia con Hawk no estaba destinada a llegar a buen puerto, al menos podía procurar que una Carsdale…

–Naturalmente, los detalles los hablarás con Lucy –continuó Hawk en tono neutro–. Yo intentaré mantenerme al margen.

–¿C-cómo? –preguntó Pia–. ¿Piensas retirarte a tus propiedades en Inglaterra?

–No voy a ser tan drástico –replicó él, divertido–, pero para tu tranquilidad te diré que no me interesan las bodas.

–Eso es obvio, a juzgar por tu conducta en el pasado.

–Ahí me has dado. Supongo que me merezco el comentario.

Pia no dijo nada.

–Esta casa me pertenece, pero es Lucy la que la lleva, ya que hasta hace poco no ha sido mi domicilio habitual. Y aunque por motivos profesionales paso más tiempo en Nueva York que en Londres, mis compromisos no me permiten pasar mucho tiempo en casa.

Pia sabía lo del fondo de cobertura de Hawk, pues lo había leído en Internet. El éxito alcanzado por su empresa durante los tres últimos años le había labrado una reputación excelente en el mundo de las finanzas.

Maldición. Seguro que las mujeres se le lanzaban al cuello. Aunque eso a ella ni le iba ni le venía, por supuesto.

Se preguntó por qué estaría Hawk en casa en ese momento. Su entrada en el salón le había parecido calculada. Seguramente había pensado que, una vez Pia aceptara el contrato de Lucy, convenía revelar su parentesco con Lucy lo antes posible.

Hawk alzó una ceja.

–¿Y bien…?

Pia se le quedó mirando.

–Te pongo nerviosa, ¿verdad?

–S-sí. Me dan miedo las serpientes.

Él sonrió, imperturbable.

–Tu encantador tartamudeo es un claro síntoma del efecto que ejerzo sobre ti –dijo con voz seductora.

Pia sintió un momentáneo escalofrío en la espalda antes de que el rostro de Hawk adoptara una expresión tan inofensiva como la de un boy scout.

–Por supuesto –continuó él solemnemente–, pienso comportarme a partir de ahora.

–¿Me lo prometes? ¿De verdad? –se defendió ella.

Antes de que Hawk pudiera replicar se abrió la

puerta de la biblioteca. Lucy asomó la cabeza y al ver que estaban allí, entró.

–Ahí estáis –dijo–. Me preguntaba si habías salido corriendo, Pia.

–No ha sido tan dramática –respondió Hawk con suavidad–. Pia y yo hablábamos de los términos del contrato.

Lucy miró a Pia y luego juntó las manos, emocionada.

–¿Has aceptado? ¡Estupendo!

–Yo…

–El agua caliente se ha enfriado, pero he encargado que preparen otra tetera. ¿Volvemos al salón?

–Sí, volvamos –dijo Hawk haciendo una mueca con los labios.

Pia siguió a Lucy y Hawk echó a andar tras ellas. Pia se preguntó si todos los Carsdale dominaban el arte de presionar con sutileza y educación. Pues a pesar de todo había acabado aceptando hacerse cargo de la boda de Lucy.

Hawk salió del ascensor y no tardó en encontrar el apartamento de Pia. Ésta abrió la puerta principal. Estaba fresca como una rosa, en un vestido de punto amarillo que le hacía un tipo perfecto. El cuello de pico dejaba a la vista escote suficiente para provocar el interés de cualquier hombre.

Se preguntó si siempre experimentaría una sacudida sexual al verla.

–¿Cómo me has localizado? –preguntó ella sin más preámbulo.

Él se encogió de hombros con despreocupación.

–Busqué Pia Lumley Wedding Productions. No me resultó difícil.

Había descubierto que Pia vivía ahora en el quinto piso de un modesto edificio de ladrillo blanco con portero. Éste había apartado la mirada del pequeño televisor para telefonear a Pia y anunciarle la llegada de Hawk. Aunque sólo oyó hablar al portero, Hawk percibió la vacilación de Pia al enterarse de su inesperada visita. Aun así, el hombre le había indicado el camino al ascensor antes de volver a su programa de televisión.

–Naturalmente –respondió Pia con un deje de sarcasmo–. Debería haberme imaginado que tú también investigarías por tu cuenta. Teniendo una empresa soy fácil de localizar, me guste o no.

A pesar de sus palabras, se hizo a un lado para dejarlo pasar y a continuación cerró la puerta.

–En cierto modo me alegra que estés aquí. Me facilita las cosas.

Él alzó una ceja.

–¿Sólo en cierto modo? –preguntó, irónico–. Supongo que debería darme por satisfecho.

–Me lo he pensado mejor.

–No lo dudo. Y por eso me alegro de haber venido.

Pia emitió un hondo suspiro y se puso derecha.

–Me temo que no me conviene aceptar el trabajo de organizar la boda de Lucy.

–Se va a llevar una decepción tremenda.

–Encontraré a alguien que pueda hacerlo.

–¿Alguien de la competencia? –preguntó él, sardónico–. ¿Estás segura de que quieres hacer algo así?

–Tengo contactos… amigos.

–Y yo no soy uno de ellos, supongo.

Hawk miró en derredor. El apartamento no era grande, pero sí más amplio de lo que esperaba.

El salón estaba decorado en tonos pastel, con un sofá color melocotón y un sillón de estampado rosa. Colores nupciales.

Las estanterías de color crema contenían archivadores de diversos servicios relacionados con las bodas: invitaciones, decoración, flores etc.

Vio que un gato entraba en el salón desde la habitación de al lado. El animal se detuvo, le devolvió la mirada inmóvil como una estatua y parpadeó.

—Mr. Darcy —anunció Pia.

Qué típico, pensó Hawk. Una organizadora de bodas con un gato que llevaba el nombre del célebre héroe de Jane Austen.

Hawk frunció los labios. Pia había acabado encontrando un Mr. Darcy. Un final feliz. Si no fuera porque Mr. Darcy era un maldito gato, claro. Hawk supuso que en aquel drama él representaba el papel del infame Mr. Wickham.

Se inclinó y acarició al gato detrás de las orejas. El felino se dejó hacer y empezó a frotarse contra la pierna de Hawk dejando un rastro de pelos en sus pantalones.

Cuando se incorporó vio que Pia lo miraba sorprendida.

—¿Qué? —preguntó—. Parece que te asombra que acaricie al gato.

—Te hacía más bien amante de los perros —respondió Pia—. ¿Acaso no es así con vosotros, los aristócratas? Por lo de la caza del zorro y todo eso.

Hawk sonrió.

—¿Temes que eche a Don Gato a los perros como alimento?

–No puedo concebir algo tan horrible, pero tú ya has demostrado ser un lobo con piel de cordero –replicó Pia.

Él esbozó una sonrisa lobuna y la miró de arriba abajo sólo para incordiarla.

–¿Y tú quién eres, Caperucita Roja? ¿Es ése tu cuento preferido ahora?

–No tengo ningún cuento favorito –espetó–. Ya no.

La sonrisa de Hawk se desvaneció. Ella había dejado de creer en los cuentos de hadas y él se sentía responsable por arrebatarle la inocencia en más de un sentido.

Por eso era importante que le hiciera cambiar de opinión y la convenciera de que aceptara su ayuda. Quería compensarla de alguna manera.

Sacó unos papeles del bolsillo interior de su chaqueta.

–Espero que cambies de opinión cuando veas lo que significa relacionarse con Lucy.

–¡Tú eras el que quería tiempo para revisar el contrato! –le acusó.

Aquello era cierto. Cuando Pia le dio a Lucy un contrato de servicios estándar el lunes anterior, Hawk se había apoderado de él y había pedido tiempo para echarle un vistazo. Pero lo hizo pensando en que, al devolvérselo, tendría otra oportunidad de hablar con ella.

Había ido a su piso aquella tarde directamente desde el trabajo, y todavía llevaba puesto un traje de chaqueta azul marino.

La conversación sobre el contrato, se dijo, le serviría para modificar la baja opinión que Pia tenía de él. Quizá podría empezar a demostrar que no era el hombre sin principios que ella creía. Había cambiado.

–Lo he revisado –explicó al tiempo que desdoblaba la hoja que tenía en la mano.

Pia arqueó una ceja.

–Me pregunto por qué no pones el mismo cuidado a la hora de elegir a las chicas con las que sales.

Hawk contuvo una carcajada.

–Me imagino que has investigado sobre mí.

Pia asintió.

–Internet es algo maravilloso. Creo recordar que alguna vez te llamaron James el Camorrista, duque de Juergas.

–¿Camorrista? –Hawk se frotó el puente de la nariz con un dedo–. Ah, sí, creo que una vez me rompieron la nariz en una pelea.

–Encantador.

–¿Y no averiguaste cómo heredé el título de duque de Hawkshire? –preguntó con fingida despreocupación.

Pia negó con la cabeza.

–Creo que le ofrecías a la prensa sensacionalista asuntos más interesantes de los que ocuparse.

–Eso he oído –dijo con voz deliberadamente inexpresiva–. Para mi desgracia, mi época como hijo alegre y despreocupado del antiguo duque de Hawkshire terminó cuando mi hermano mayor murió en un accidente de navegación.

Vio que Pia vacilaba.

–Una llamada de teléfono me despertó muy temprano una mañana de un sueño muy agradable –continuó–. Todavía me acuerdo de las vistas desde tu apartamento cuando recibí la noticia.

Pia pareció perpleja por unos instantes. Supo que la había desconcertado.

–¿Por eso te fuiste sin dar explicaciones?

Él asintió.

–Tomé el primer vuelo de vuelta para Londres.

Las inesperadas noticias acerca de su hermano habían cambiado el rumbo de su vida. Salió silenciosamente del apartamento de Pia mientras ésta aún dormía. Volvió a Londres y estuvo velando a su hermano hasta que unos días después éste expiró su último aliento.

La agitación que dominó su vida después de la tragedia hizo que se olvidara de Pia. Después, la distancia física y temporal, añadidos al peso de sus nuevas responsabilidades como duque heredero, le convencieron de que era mejor dejar las cosas como estaban y no ponerse en contacto con ella.

Le había venido bien, tuvo que reconocer. Porque lo cierto era que tras acostarse con Pia y descubrir que era virgen se había sentido atrapado. Era una sensación nueva e incómoda para él. Él simplemente había buscado una aventura de un una noche. Pero el trágico accidente de su hermano le ahorró tener que afrontar la situación.

–Lamento tu pérdida –dijo Pia con el rostro sinceramente abatido.

–No te estoy pidiendo compasión –respondió.

No la merecía. Aunque Pia afirmaba haber desarrollado un lado cínico desde que fueron amantes, para él era obvio que seguía poseyendo un corazón tierno y frágil y que era fácil herirla.

Se alegró de constatar que él no la había cambiado por completo.

Se recordó a sí mismo el motivo de su visita: ayudarla. Iba a compensarla por los errores del pasado.

–Mi padre murió meses más tarde –continuó–. Hay quien dice que se le rompió el corazón, pero el caso es que no gozaba de buena salud. Así es como dos jugadas del destino en el mismo año me convirtieron en duque.

–Y entonces fundaste Sunhill Investments –observó Pia en tono neutro–. Has estado muy ocupado estos años.

Él inclinó la cabeza.

–Podría decirse que sí. No me quedó más remedio: las propiedades del ducado son muy caras de mantener y necesitaba encontrar una forma de financiarlas.

Cuando murió su padre, todo el peso del ducado cayó sobre sus hombros y tuvo que asumir la responsabilidad de cuidar de su familia.

Ya había explorado la posibilidad de crear fondos de cobertura, pero los gastos que generaban sus propiedades le dieron el empujón que necesitaba.

Y en la agitación laboral subsiguiente le había resultado fácil cerrar la puerta a su malestar en lo que a Pia concernía. Había estado demasiado ocupado para pensar en aquella magnífica noche en que había roto la promesa que se había hecho a sí mismo: que nunca sería recordado por una mujer como su primer amante. Pero ni siquiera en sus años más locos había sido el tipo de hombre que desaparecía sin dar explicaciones; siempre se quedaba para asegurarse de que no había rencores ni resentimientos.

–Nunca te pusiste en contacto conmigo –señaló Pia, aunque sin animosidad.

Él sondeó sus ojos, de un color y una calidez inusuales, que lo habían conquistado aquella primera noche. Percibió en ellos que la firmeza con la que lo habían recibido comenzaba a resquebrajarse, que era exactamente lo que quería. Sin embargo, lo que dijo a continuación, era la pura verdad.

—Nada de lo que te he contado pretendía ser una excusa.

—¿Por qué te molestaste en concertar que fuera yo la organizadora de la boda de Lucy? —preguntó—. ¿Para reparar faltas?

Hawk tuvo que sonreír ante lo astuto de su pregunta. Puede que Pia fuera dulce e ingenua, pero era inteligente. Él se había sentido atraído por su ingenio la noche en que se conocieron.

—Si te dijera que sí, ¿me dejarías hacerlo?

—Mi experiencia pasada me dice que dejarte hacer cosas es peligroso.

Él rió quedamente.

—¿Aunque sólo sea por hacerme un favor?

—¿Sin compromiso?

Él sintió que ella comenzaba a flaquear y adoptó una expresión de inocencia.

—¿Dejarás que limpie la suciedad que empaña mi conciencia?

—Así que esto puede considerarse como un acto de misericordia por mi parte.

—Más o menos.

—O sea, que no lo haces sólo para contrarrestar las acciones de tu amigo Easterbridge en la boda de Belinda, sino también las que cometiste tú en el pasado…

—Lo que hizo Easterbridge nunca fue el motivo.

Entonces, para no darle la oportunidad de que se arrepintiera, sacó un bolígrafo del bolsillo de la chaqueta y, apoyándose en la pared más cercana, estampó su firma en el contrato.

—Ya está firmado —dijo tendiéndole el contrato.

Pia lo miró con cierta cautela pero tomó el contrato y le echó un vistazo.

—Hawkshire —leyó antes de mirarlo con un brillo repentino en los ojos—. ¡Qué distinguido! ¿Debo considerar este documento como una bendición?

Él se encogió de hombros, contento de que ella se riera a sus expensas.

—Ya que me estás permitiendo que te desagravie, puedes considerar este contrato como un acto de misericordia de ti hacia mí.

Le tendió el bolígrafo. Pia comprendió que el gesto estaba cargado de sentido y vaciló.

Hawk miró a Mr. Darcy durante unos segundos y arqueó una ceja.

—Nuestro único testigo quiere que firmes.

Era verdad: Mr. Darcy los estaba mirando, inmóvil, con los ojos muy abiertos. Hawk comenzó a tener la incómoda sensación de que Mr. Darcy comprendía demasiado para ser un felino.

—No me dedico a reformar a libertinos —dijo Pia mientras tomaba el bolígrafo.

Sus dedos se rozaron y él sintió un escalofrío pero mantuvo una expresión neutra.

—Por supuesto que sí —la contradijo—. Supongo que recogiste a Mr. Darcy de un refugio para animales…

—Eso fue salvar a un alma perdida, no reformar a un libertino.

—¿Hay mucha diferencia entre una cosa y otra? —preguntó él—. Además, ¿quién sabe qué reprobable conducta llevaría este gato antes de que lo conocieras?

–Ojos que no ven, corazón que no siente –replicó ella.

Hawk se puso la mano sobre el corazón.

–Podría decirse que nosotros nos conocimos en circunstancias parecidas a las de Mr. Darcy. Y si tuviste la bondad de…

–No voy a adoptarte como si fueras un g-gato –dijo ella en tono reprobador.

–Algo que lamento muchísimo –murmuró él.

Lanzándole una mirada de desconfianza, Pia se giró y, valiéndose de la pared como apoyo, como había hecho él, firmó el contrato.

–Espléndido –afirmó él con una sonrisa–. Te besaría para sellar el acuerdo, pero me imagino que no lo considerarás apropiado dadas las circunstancias.

–¡Imaginas bien!

–¿Qué tal un apretón de manos?

Lentamente, extendió el brazo y él tomó su mano entre las suyas sintiendo la vibrante corriente que se establecía entre ellos. Igual que cuando se conocieron, tres años atrás. Nada había cambiado.

Su mano seguía siendo pequeña, de hueso fino. Los dedos terminaban en unas uñas pulcras que no tenían ni rastro de barniz. Eran como ella: delicadas pero prácticas.

Pia trató de apartar la mano, pero él la retuvo con fuerza. En un gesto refinado, Hawk se inclinó y la besó cortésmente. Notó que Pia contenía la respiración y, tras enderezarse, se la soltó.

Pia tragó saliva con dificultad.

–¿Por qué has hecho eso?

–Soy duque –la excusa le salió fácilmente de los labios–. Es lo que hacemos los duques.

Hawk sabía que el contexto no era el adecuado. No estaba saludando a una mujer de mayor estatus social que el suyo que le hubiera ofrecido su mano. Pero dejó a un lado esos pequeños detalles pues tocarla le había resultado muy tentador.

–Claro –dijo Pia con ligereza aunque una sombra de duda cruzó su rostro–. Sé mucho sobre tu mundo, aunque no forme parte de él.

–Acabas de entrar en él –replicó él–. Ven conmigo al teatro mañana por la noche.

–¿C-cómo? –preguntó, sobresaltada–. ¿Por qué?

Él sonrió.

–Se trata de la obra de Lucy. Ver a mi hermana sobre el escenario, en su elemento, te dará ideas sobre su personalidad.

Pia se relajó.

Hawk se planteó que a lo mejor estaba intentando llevársela otra vez a la cama, pero enseguida desechó tal posibilidad. Se alegró de no haber pensado en voz alta.

Pia parecía no mostrarse muy de acuerdo.

–No creo que una obra de teatro vaya a...

–Te veo mañana por la noche. Vendré a buscarte a las siete –miró de nuevo al gato–. Espero que a Mr. Darcy no le importe quedarse solo una noche.

–¿Por qué? ¿Acaso es Mr. Darcy un incómodo recordatorio de que el papel asignado para ti es el del villano?

Hawk a duras penas consiguió reprimir una sonrisa.

–¿Cómo lo has adivinado?

Pia elevó las cejas pero su mirada era franca, sin segundas.

–Bueno, no me importa –continuó y, mirando al

gato, añadió–: Estoy seguro de que él no sabe bailar el vals.

Durantes unos segundos Pia adoptó una expresión soñadora, como si la idea del vals hubiera despertado su lado más romántico.

El gato siguió mirándolos sin parpadear y Hawk pensó que aquél era un buen momento para marcharse, antes de que cayera en la tentación.

–Como parece que he agotado mi repertorio de saludos y cumplidos, me temo que mi despedida será más bien sosa.

–Es reconfortante oírlo –replicó Pia.

El reaccionó a su impertinencia tocándole con el dedo la naricilla respingona. Y entonces, como si no pudiera contenerse, deslizó el dedo hasta sus rosados y seductores labios.

Ambos permanecieron en silencio.

–Mañana por la noche –repitió.

Se dio la vuelta antes de caer en la tentación de besarla y salió por donde había entrado.

Mientras ella cerraba la puerta del apartamento Hawk se preguntó por qué le costaría tanto separarse de Pia.

Era una situación engorrosa que no podía traer nada bueno.

Capítulo Cinco

Una vez se hubo marchado Hawk, Pia se quedó mirando la puerta de su apartamento. Presa de emociones contradictorias, se sentó en el sofá rodeándose a sí misma con los brazos. Se llevó los dedos a los labios, como había hecho Hawk momentos antes. Juraría que había deseado besarla. La última vez que se besaron fue la noche en que se conocieron…

Pia encendió su reproductor de MP3 con el mando a distancia. La música la relajaba.

–¿Quieres beber algo? –preguntó.

James rió.

–¡Vaya pregunta, teniendo en cuenta que venimos de un bar!

A decir verdad, se sentía un poco mareada.

–Pia –dijo James en voz baja poniéndole las manos sobre los hombros.

Ella se quedó inmóvil al sentir su contacto. Sintió cómo se le tensaban los pezones.

–Relájate –le murmuró él al oído.

Él apartó las manos… para deslizarlas por sus brazos unos segundos después al tiempo que le acariciaba el pelo con la nariz. Pia se estremeció.

–Esto… yo….

Él le atrapó el lóbulo con la boca y ella tragó saliva con dificultad.

–¿No prefieres que nos conozcamos un poco mejor?

–Mucho mejor –convino él riendo suavemente.

Lentamente, él giró la cara de Pia para que quedara frente a la suya. La miró a los ojos.

–He querido hacer esto –se inclinó y la besó en los labios– desde que salimos del bar.

Su fantasía se había hecho realidad: estaba allí con ella.

–No haremos nada que tú no quieras hacer.

–Eso es lo que me da miedo.

Él sonrió.

–Pia. Eres especial. Déjame que te muestre cuánto.

Y, tomándola de la mejilla, volvió a besarla. Ella suspiró y lo agarró por la camisa. Sintió su erección creciendo entre sus piernas. En unos segundos se acoplaron sus cuerpos y el deseo, encendido en el bar y atizado en el taxi, los poseyó.

A su alrededor sonaban las melodiosas notas de una orquesta de cuerda. Deseó que el beso no terminara jamás. Sintió la necesidad de despojarse de las sandalias e inmediatamente sus labios quedaron unos centímetros por debajo de la boca de James.

–Mi cama no es muy grande –dijo en tono de disculpa al tiempo que se ruborizaba.

–¿Nunca has hecho el amor en un sofá de dos plazas?

Nunca había hecho el amor. Punto. Pero tenía miedo de decírselo, por si salía despavorido. Sin duda estaba acostumbrado a mujeres más experimentadas.

–¿Por qué molestarnos cuando tenemos una cama?

Ella sintió que sus manos se deslizaban por la cremallera trasera del vestido.

–¿Te importa si hago esto? –murmuró.

–En absoluto –respondió ella, jadeante.

Oyó el rasgueo de la cremallera y sintió que el vestido se deslizaba hacia abajo dejando al descubierto sus pechos sin sujetador. James dio un paso atrás y la miró embelesado.

–Pia, eres preciosa. Tanto como imaginaba cuando estábamos en el bar.

–Bésame –susurró ella.

Él tomó asiento en el brazo del sillón y la atrajo hacia sí al tiempo que cubría con su boca uno de los erguidos pechos. El corazón de Pia comenzó a latir salvajemente.

James terminó de quitarle el vestido sin dejar de besarla. Su lengua se movía sin descanso, avivando el fuego del deseo.

Antes de que pudiera darse cuenta, Pia se encontró sentada sobre él en el sillón. Se besaban apasionadamente pero sin prisa, como dos viejos amantes que tuvieran todo el tiempo del mundo. El miembro viril endurecido apretaba la carne de ella.

–Ten piedad de mí, Pia.

En respuesta, ella se acercó aún más frotándose contra él. Sus manos desabrocharon uno a uno los botones de su camisa, bajo la cual apareció la vigorosa línea de su cuello.

–Pia –acertó a decir–, dime por favor que no quieres que me detenga.

–¿Quién ha hablado de detenerse?

Aquélla era su fantasía, y quería que se desarrollara hasta el final.

–Pia –dijo deslizando la mano entre sus muslos–. Quiero que sepas que estoy limpio.

–Yo también –replicó ella, comprendiendo a qué se refería–. Nunca he practicado el sexo sin protección.

Era cierto, pero en cierta manera, ocultaba la verdad: que nunca había tenido relaciones.

–He traído preservativos. No es que tuviera expectativas, pero te mentiría si te dijera que no me he sentido atraído por ti desde el primer momento en que te vi.

–¿Cuándo fue?

–Minutos antes de que pidieras la bebida. Cuando vi que eras una dama en apuros, me dije que era el momento de intervenir. Deseé que la Cenicienta me tomara por su príncipe azul.

Pia se regocijó. Era como si la conociera de toda la vida. ¿Cómo sabía que era una romántica empedernida, que le encantaban las historias de amor?

Siguieron besándose lentamente. De pronto, él se detuvo y se puso en pie, con ella en brazos.

–¿Qué prefieres, Cenicienta?

Ella miró el sofá. Quizá, la próxima vez.

–La cama.

–Opino lo mismo –dijo llevándosela al dormitorio–. ¿Ves? Tenemos mucho en común.

–¿Además de pescar y montar?

–¿No crees que en eso precisamente ha consistido la noche, en pescar y montar?

Pia sintió que se ruborizaba entera. Se tendió en el colchón apoyándose en los codos para no quedar completamente tumbada. Tragó saliva, incapaz de decir palabra. James se estaba desabotonando la camisa. Cuando terminó, se quitó la prenda, y Pia pudo admirar su torso desnudo. Tenía los músculos tensos bajo la bronceada piel. Siguió despojándose del resto de la ropa hasta que quedó completamente desnudo. Su imponente erección se hizo evidente.

—Eres impresionante.

—¿Eso no te lo tenía que decir yo a ti? —sonrió james.

Aunque Pia había visto fotos de hombres desnudos, era la primera vez que veía a uno en carne y hueso. Y James superaba sus expectativas. Era espectacular: alto, musculoso, perfecto. Su estómago liso estaba rematado por abajo por... una señal inequívoca de que quería copular con ella. Sin más dilación.

Un escalofrío de anticipación recorrió su espina dorsal. Él empezó a recorrer su cuerpo con los labios. Pia miraba el techo de escayola mientras enredaba los dedos en el cabello de James y pensaba que iba a morir de placer.

James besó la protuberancia de su cadera y siguió descendiendo por la cara interior de los muslos hasta llegar a la rodilla. Con una mano levantó la otra pierna y, girando la cabeza, comenzó a mordisquear la flexible piel del otro muslo. Con un dedo recorrió la hendidura que había entre sus piernas y ella gimió enterrando el rostro en la colcha.

Entonces él se inclinó y recogiendo los pantalones del suelo sacó un paquete de preservativos. Se lo colocó con eficiencia y volvió a inclinarse sobre ella, acariciándola con manos y labios al tiempo que susurraba cosas dulces al oído.

Pia se vio arrastrada por la emoción. Se sentía pequeña al verse rodeada por él.

Cuando James le separó las piernas, temió no ser capaz de recibirlo en su interior. Pero no tardó más que unos segundos en volver a sentirse consumida por el deseo.

—Envuélveme con tus piernas, Pia —le pidió él con voz ronca.

Era la primera vez que se abría y exponía a un hombre. Era tal y como se lo había imaginado en sus fantasías.

Siguió sus instrucciones y James la tomó por las caderas. La miró a los ojos y le dio un beso tierno y rápido.

–Déjame que te posea, Pia. Déjame que te dé placer.

Ella arqueó el cuerpo y él, enterrando la cabeza en su cuello, la penetró.

Pia jadeó y se mordió el labio con fuerza.

James se quedó inmóvil durante varios segundos. Podía oírse el palpitar de sus corazones. Él alzó la cabeza, con expresión confundida.

–Eres virgen –afirmó con sorpresa.

Ella se humedeció los labios.

–Lo era. Cr-creo que podemos hablar en pasado.

Se sentía plena, ensanchada, sumida en un dolor placentero que le resultaba casi insoportable. Era una sensación extraña.

–¿Por qué?

–Te deseaba. ¿Es eso malo? –susurró ella.

James cerró los ojos; sus músculos estaban en tensión cuando apoyó su frente contra la de Pia y se maldijo a sí mismo entre dientes.

–Estás tan increíblemente tensa y caliente. Nunca he experimentado nada tan agradable… Pia, no puedo...

Temerosa de que quisiera salirse, apretó sus piernas en torno a él.

–N-no lo hagas.

Unos instantes después, él se relajó, como si admitiera la derrota a su pesar.

–Trataré de compensarte a partir de ahora –musitó.

–Está bien.

Él comenzó a moverse lentamente, acariciándola con las manos en los puntos justos, aliviando la tensión de su cuerpo. Pia se relajó y se centró en las sensaciones que le provocaban sus caricias. Poco a poco sintió una pequeña chispa seguida de un leve hormigueo. Su cuerpo estaba volviendo a la vida. A medida que se relajaba, el placer iba acrecentándose. Estaba llegando a un éxtasis que nunca había sentido con ningún hombre. Tras unos instantes llegó a la cima del goce casi sin darse cuenta. La inundaron varias oleadas de dicha, una tras otra. Su cuerpo onduló incontroladamente, intensificando el frenesí de James.

–Ten clemencia, Pia –gruñó.

Pero ya era tarde. Con un áspero juramento entre dientes, la agarró por las caderas y, tras una última embestida, se vació en ella.

James se desplomó sobre Pia y ésta lo abrazó, con lágrimas en los ojos. Él acababa de realizarla sexualmente como mujer. Su primera vez no podía haber sido más maravillosa.

Pia cerró los ojos y el agotamiento y el sueño la vencieron.

Cuando volvió a abrir los ojos, él se había marchado.

En un instante Pia volvió al presente. Se dio cuenta de que estaba en su apartamento. Un apartamento diferente, tres años después. Pero el hombre que ocupaba sus pensamientos era el mismo: Hawk.

Su presencia era todavía palpable, como si acabaran de hacer el amor ahora y no tres años atrás.

Pia meneó la cabeza. No. Le había permitido entrar en su santuario, su apartamento, de nuevo, pero no permitiría que volviera a introducirse en su vida.

La noche después de que Hawk firmara el contrato en su apartamento Pia descubrió que tenían dos de los mejores asientos en el teatro.

Él había ido a buscarla en coche a las siete, pues a las ocho empezaba la obra, una versión independiente de *Oklahoma* en la que Lucy tenía un papel secundario.

Pia hizo como que leía el programa con interés mientras esperaban a que se apagaran las luces. Lo de aquella noche era un compromiso de trabajo, se recordó a sí misma. Se había puesto un vestido de manga corta de color albaricoque que había llevado al trabajo otras veces, y que esperaba enviara el mensaje apropiado.

Miró de reojo a Hawk, cuya mirada estaba fija en el escenario. Llevaba unos pantalones negros y una camisa azul claro; incluso cuando se vestía de manera informal proyectaba una imagen de dignidad aristocrática.

Deseó no haberse fijado en sus musculosos muslos, a escasos centímetros de los suyos. Deseó asimismo que en el teatro hubiera reposabrazos individuales.

Se apartó con determinación, dejando claro que le cedía a él el reposabrazos entero. Distraídamente tiró del dobladillo de su vestido hacia abajo, y esto atrajo la mirada de Hawk, que observó sus muslos desnudos con expresión divertida. Pia lamentó su gesto involuntario.

Sus miradas se encontraron.

–Tengo que hacerte una proposición.

–Ya m-me imaginaba –maldijo su tartamudeo–. Parece que ése es tu fuerte.

Él tuvo la indecencia de sonreír.

–Despiertas mis mejores instintos.

Ella odiaba que él la tentara con tanta facilidad.

–No es cosa mía; tus instintos están ya bastante despiertos.

Hawk soltó una carcajada.

–¿No tienes curiosidad por lo que quiero ofrecerte?

Ella frunció el ceño.

–Es que ya sé lo que es. Y a menos que tenga que ver con el trabajo, mi respuesta es no.

–Pues da la casualidad de que sí tiene que ver con el trabajo.

–¿Ah, sí?

Hawk asintió.

–Victoria, una amiga mía, necesita ayuda con su boda.

–¿Una amiga? ¿Acaso te ha dejado y está lista para rehacer su vida?

Parecía incapaz de dejar de meterle puyas.

–Nunca hemos salido juntos –sonrió–. Su prometido es un antiguo compañero mío de clase. Yo los presenté en una fiesta el año pasado.

–Parece que conoces a mucha gente que va a casarse –afirmó ella enarcando las cejas–. Casamentero, pero no casadero...

–Todavía no –replicó él misteriosamente.

Tiempo atrás ella había fantaseado con casarse con él, pero eso era algo que tenía superado, al menos eso creía.

–¿Cuándo es la boda?

–El sábado de la próxima semana.

–¿La próxima semana?

Creía que no lo había oído bien.

–La organizadora de bodas está en cuarentena en el extranjero. Se fue de safari con su novio a una zona infectada con tuberculosis. No puede volver a Nueva York hasta después de la boda.

Pia meneó la cabeza, asombrada, mientras Hawk sacaba del bolsillo un trozo de papel.

–Aquí están los datos de contacto de la novia. ¿La llamarás?

Pia tomó el trozo de papel y sus dedos se rozaron. Leyó el nombre y el número de teléfono que él había escrito.

Victoria Elgemere.

Justo en ese momento las luces del techo parpadearon indicando al público que la obra estaba a punto de comenzar.

–Lo haré –dijo rápidamente.

–Así me gusta –respondió Hawk dándole una traviesa palmadita en la rodilla–. Yo estoy invitado, por cierto.

–Me suena esa situación.

Él sonrió.

–Es que ha empezado a gustarme el *baba ghanoush.*

Ella lo miró con severidad y apartó la mano de su rodilla. Su actitud disimulaba la confusión emocional que él le provocaba tan fácilmente.

Mientras las luces se apagaban, reflexionó sobre la cantidad de contratos que estaba consiguiendo gracias a Hawk. No quería que la gratitud que sentía hacia él se tornara en algo más peligroso…

Capítulo Seis

El sábado, poco antes de las cuatro de la tarde, Hawk salió de su Aston Martin a su llegada al Jardín Botánico de Nueva York, donde tendría lugar en breve la boda de Victoria.

El cielo estaba despejado y soplaba una brisa cálida. Era un día perfecto.

Mientras el aparcacoches se acercaba para recoger las llaves, sonó su teléfono móvil y Hawk sonrió al oír las notas de *Unforgettable*, de Nat King Cole, el tono que había asignado al número de Pia. Había pensado en utilizar la banda sonora de *Tiburón*, apropiada dado el carácter combativo de su relación, pero pensó que, si alguna vez ella lo descubría, lo aniquilaría.

–Hawk, ¿dónde estás? –preguntó Pia sin más preámbulo cuando Hawk respondió a la llamada.

–Estoy a punto de darle las llaves al aparcacoches –respondió–. ¿Por?

–¡Espérame ahí! La novia se ha dejado el velo en la parte trasera de un coche que partió hace unos minutos. Necesito tu ayuda.

–¿Cómo…?

–Ya me has oído. ¡No puedo permitir que me asocien con otro desastre!

–Eso no ocurrirá. ¿Qué compañía es?

Mientras Pia se lo decía, Hawk hizo un gesto negativo al aparcacoches, se metió de nuevo en el vehículo y arrancó el motor.

–Llama a la compañía y diles que se pongan en contacto con el conductor –le instó.

–Ya lo he hecho. Lo están intentando. No puede ir muy lejos, de lo contrario no recuperaremos el velo a tiempo para la ceremonia.

–No te preocupes, estoy en ello –la tranquilizó–. ¿Crees que va de vuelta a Manhattan?

Si supiera en qué dirección iba el coche podría ir a su encuentro y quedar con el chófer en alguna salida o intersección.

–Va en dirección sur. Voy contigo –replicó Pia.

–No, a ti te necesitan aquí.

–Mira a tu izquierda. Estoy llegando. Para y me subo al coche.

Hawk miró por la ventanilla del coche. Allí estaba Pia, corriendo por la hierba con un teléfono móvil pegado a la oreja.

–¡Caramba, Pia! –Hawk colgó la llamada y detuvo el coche. Unos minutos después, ella abrió la portezuela del copiloto y se introdujo en el vehículo.

–Es un Aston Martin –dijo, jadeante después de la carrera–. Ya puedes acelerar, estoy desesperada.

Pia respiró hondo y, volvió a marcar el número de la compañía de automóviles. Hawk la miró. Llevaba un vestido de satén de manga corta color caramelo de falda ligeramente acampanada. Un atuendo apropiado para una ocasión especial pero no tan llamativo como para desviar la atención de quien la merecía en un día como aquél.

Escuchó la conversación. Parecía que había buenas noticias. Pia colgó la llamada desmayada de alivio.

–Han conseguido contactar con el chófer –anunció–. Va a salir de la autopista y nos esperará en una gasolinera que está a tres salidas de aquí.

–Estupendo –dijo antes de señalar su vestido con un gesto–. Vas muy guapa.

–Gracias –respondió ella sorprendida, como si no se esperara el cumplido.

–Tengo curiosidad. Me has llamado para que fuera en tu ayuda. ¿Acaso me ves como a un caballero moderno que acude al rescate a lomos de un corcel deportivo de color negro?

–En absoluto –replicó Pia–. Pero no conozco a mucha gente en esta boda, y como fuiste tú el que me metió en este lío…

Él soltó una carcajada.

–Ya entiendo –dijo poniendo fin a la discusión, aunque le apetecía seguir chinchando a Pia.

Unos minutos más tarde, tomó la salida que ella le indicó y encontró la gasolinera. El chófer los esperaba con una bolsa en la mano. Pia le dio las gracias apresuradamente y volvió al coche.

–Hemos salvado el día –comentó Hawk mientras arrancaba el motor.

–Todavía no –respondió ella–. La boda aún no ha terminado. Créeme, he asistido a más bodas que luces hay en Times Square.

–¿No es este el momento en que le das las gracias a tu héroe con un beso?

Ella lo miró con los ojos muy abiertos. Para que no tuviera la oportunidad de pensarlo, él se inclinó hacia ella y depositó un suave beso en sus labios. Eran tan suaves como recordaba.

Al ver que ella no protestaba la besó con más intensidad. Finalmente hizo un esfuerzo por apartarse y la miró.

—Me doy por recompensado.

—Esto, yo… —Pia se aclaró la garganta y frunció el ceño—. Eres un experto en besos robados.

Él se llevó la mano al corazón con solemnidad.

—No todos los días tengo la oportunidad de actuar con tanta galantería.

Ella vaciló y luego miró hacia delante.

—Vamos, tenemos que regresar.

Llegaron al Jardín Botánico en un tiempo récord. Cuando él detuvo el coche enfrente del aparcacoches, Pia salió apresuradamente para ayudar a la novia. Hawk se quedó pensando en los comentarios halagadores que había oído de labios de Victoria y Timothy acerca de la ayuda que Pia les había prestado a última hora. Le impresionaba la profesionalidad de la que había hecho gala Pia teniendo en cuenta el poco tiempo de preparación del que había dispuesto.

Tras dejar las llaves con el aparcacoches, Hawk se dirigió al espacio donde tendría lugar la boda y se codeó con otros invitados. Veinte minutos después, todo el mundo tomó asiento y pudo dar comienzo la ceremonia.

La novia estaba muy guapa, pero Hawk sólo tenía ojos para Pia, que estaba discretamente a un lado. En un momento dado sus ojos se encontraron y Hawk le hizo señas para que se sentara a su lado. Pia vaciló, pero finalmente tomó asiento en la silla plegable de color blanco que había junto a él.

Hawk sonrió mentalmente. Pero pronto se vio importunado por engorrosos pensamientos. En su momento había decidido asistir a la boda solo. Victoria y Timothy, su prometido, eran viejos amigos suyos, y había decidido que al menos en esa ocasión, quería estar libre de expectativas. Su edad hacía que la sociedad y la prensa tendieran a ver en cualquier chica con la que saliera a una posible duquesa. Pensó que Victoria y Timothy estaban dando un paso que pronto se esperaría de él. Tim había estudiado en Eton, como él, y Victoria era la hija de un barón, había asistido a los mejores colegios y tenía un empleo socialmente aceptable como asistente de un prometedor diseñador británico. Victoria tenía precisamente el pedigrí y la procedencia que se esperaba de la esposa de un duque, el tipo de mujer que su madre aprobaría.

Miró a Pia. Por su trabajo estaba familiarizada con la etiqueta de la clase alta, pero eso no cambiaba su procedencia ni le proporcionaba contactos que no tenía. Ante los invitados congregados aquel día, ella sería siempre la organizadora de bodas, nunca la novia.

Él había querido compensarla de alguna manera ofreciéndole organizar esta boda y la de Lucy.

Pero lo último que quería era volver a hacerle daño. Una relación entre ellos era algo imposible y no debía engañar a ninguno de los dos con besos que no podían conducir a nada. Ambos se merecían seguir adelante con sus vidas.

Un perro empezó a ladrar sacándole de su ensimismamiento. A su lado, Pia se puso rígida.

Hawk había observado que la perra de la novia, una King Charles Spaniel, había añadido un toque sorprendente a la boda al recorrer el pasillo central tirada de una correa color marfil con pajarita.

Ahora, la perra estaba junto al arco nupcial jugando con un arreglo floral, o más bien destrozándolo.

–No, la perra no, por favor –dijo Pia entre dientes–. Todavía no se han hecho las fotos de la novia con el ramo.

Hawk la miró. Al comienzo de la ceremonia había visto a la novia colocando las flores sobre un pequeño pedestal. Ahora, la «dama de honor» canina se había hecho con ellas.

Hawk no recordaba el nombre del animal. ¿Era Finola? ¿O Fifí? Trasto le parecía un nombre adecuado en ese preciso momento.

Vio cómo la novia se arrodillaba mientras el perro salía corriendo con el ramo entre los dientes.

–Tengo que hacer una cosa –murmuró Pia levantándose.

Hawk se puso en pie también y puso la mano en la muñeca de Pia para detenerla.

–Olvídalo. Con esos tacones nunca atraparás a…

–Finola.

La perra esquivó a un invitado bienintencionado. La ceremonia se había interrumpido. Todo el mundo se había girado a mirar a la causante del caos, que se dirigía hacia la salida.

Hawk echó su silla hacia atrás y se dirigió al pasillo con la intención de atrapar al can. Oyó que la gente contenía la respiración y que alguien le daba ánimos. En unos segundos apresó a una excitada Finola entre sus brazos abiertos antes de caer al suelo con estrépito.

La perra soltó el ramo y comenzó a ladrar.

Algunos invitados comenzaron a aplaudir y un hombre gritó:

–¡Bien hecho!

Hawk sujetó al inquieto animal mientras se ponía en pie. Victoria acudió en su ayuda.

–Ya está, Finola.

Pia recuperó el ramo destrozado con expresión de desmayo. Hawk la miró.

–Recuerda que las desgracias siempre vienen de tres en tres –murmuró.

–Por favor, dime que ésta es la tercera –replicó ella con los ojos suplicantes.

Antes de que pudiera tranquilizarla, Victoria tomó a la perra en brazos y la achuchó. Comenzó a reír y otros invitados hicieron lo mismo. Otros sonrieron.

Hawk vio que Pia se relajaba y sonreía también. Victoria lo miró.

–Muchas gracias, Hawk, has salvado el día.

–En absoluto. Me alegro de haber podido ayudar.

Victoria volvió a recorrer el pasillo para que la ceremonia pudiera continuar y Pia colocó el ramo sobre el pedestal. Alguien sujetó con firmeza a Finola.

Todo fue sobre ruedas a partir de entonces.

Una vez finalizado el enlace, Hawk vio a Pia cerca del bar y se acercó a ella.

–¿Quieres algo de beber?

Ella se volvió hacia él.

–Tengo la sensación de haber vivido esto antes.

Él sonrió y le acarició la barbilla.

–Has salido muy airosa de la situación.

–Gracias a ti. Victoria piensa que estuviste maravilloso.

–Era lo menos que podía hacer. Fui yo la que te puso en contacto con esa loca.

Pia sonrió.

–Lo hiciste con la mejor intención.

Hawk estaba deslumbrado por la sonrisa de Pia. Podía iluminar una habitación con ella. Sólo le faltaba la varita para parecer un hada.

–¿Una perra vestida de dama de honor? ¿A quién se le ocurre?

–Te sorprendería –replicó Pia–. Yo he llegado a ver a un cerdito caminando hacia el altar.

Hablaron de varios aspectos de la boda. Pia comentó lo guapa que iba Victoria y Hawk habló de las personas que conocía entre los invitados.

–Esta fiesta es trabajo para mí –dijo Pia finalmente.

–Supongo que entonces tendrás que quedarte hasta el final –comentó él.

Ella asintió.

–Tengo que asegurarme de que todo termina bien.

Hawk miró por las ventanas del local donde se celebraba el banquete y comprobó que ya había oscurecido.

–¿Cómo volverás a casa? –preguntó suponiendo que no habría llevado su propio coche, pues de lo contrario no habría necesitado su vehículo antes de la ceremonia.

–Pediré un taxi –dijo ella encogiéndose de hombros.

–Entonces te espero.

–N-no es necesario.

–Ya lo sé –sonrió–. Pero en cualquier caso, estoy a tu servicio.

Tuvieron que pasar varias horas para que pudiera cumplir su ofrecimiento. Comprobó que Pia conseguía mantenerse tan apetecible como un pastel al final de la velada, aunque parecía exhausta.

Volvieron a Manhattan en silencio; se sentían lo

suficientemente cómodos el uno con el otro como para no tener que forzar la conversación.

Cuando Hawk detuvo el coche frente al edificio de Pia vio que ésta se había quedado dormida. Su cabeza descansaba sobre el respaldo y tenía los labios entreabiertos.

Apagó el motor y observó su rostro durante unos instantes. Por una vez, parecía desprevenida. Su pelo rubio, muy fino, era suave como el de un bebé. Sus cejas describían un delicado arco y enmarcaban unos grandes y expresivos ojos de un fascinante tono ámbar.

Hawk posó la mirada en sus labios, que brillaban con pintura de labios de color rosa, aunque para Hawk no precisaban de adorno alguno pues poseían un encanto natural. Los había saboreado aquel día; no había podido resistir la tentación.

Tras vacilar unos instantes, se inclinó hacia ella y depositó un leve beso en sus labios que le provocó un cosquilleo. Luego le succionó suavemente el labio inferior.

El postre no había sido tan delicioso.

Pia abrió los ojos y parpadeó. Hawk se retiró y le dedicó una sonrisa ladeada.

—¿Q-qué?

—Estaba despertando a la Bella Durmiente con un beso.

Ella volvió a parpadear.

—Esto no es una buena idea.

—¿Preferirías que no te hubiera despertado al llegar a tu apartamento? ¿Debería haber seguido hasta llegar a mi casa?

—Por supuesto que no —dijo ella sin mucha firmeza.

Él sonrió antes de girarse para abrir la puerta del

coche. Rodeó el vehículo para ayudar a Pia a apearse. Ella vaciló un segundo antes de apoyar su mano en la de Hawk. Se había acostumbrado a que saltaran chispas cada vez que sus pieles entraban en contacto.

–Buenas noches, Excelencia –dijo cuando salió del coche.

–Buenas noches, Pia.

La miró mientras ella entraba en el edificio. El portero levantó la vista del televisor para saludarla. Hawk no se metió en el coche hasta que Pia hubo desaparecido de su vista.

Mientras se incorporaba al tráfico, Hawk reconoció que estaba jugando con fuego. Pero sabía cuándo parar.

O, al menos, eso esperaba.

Capítulo Siete

Un duque multiusos: El duque de Hawkshire, multimillonario, prestó sus servicios como asistente nupcial…

Pia apretó los dientes mientras leía la columna de cotilleo de Jane Hollings en *The New York Intelligencer.*

–¿Qué pasa? –preguntó Belinda.

Pia acababa de sentarse a una mesa en Contadini, donde Belinda Wentworth, Tamara Langsford, de soltera Kincaid, y ella se habían reunido para tomar el aperitivo, como hacían muchos domingos.

–Hollings habla de Hawk y de mí en su columna de cotilleo –explicó Pia mientras leía el artículo en su teléfono móvil–. Por lo visto un pajarito le ha contado que Hawk me ayudó a evitar una escapada en la boda ayer por la noche.

–Qué rapidez –comentó Belinda.

–Es que lo ha escrito en su columna electrónica. La impresa aparecerá en el periódico del lunes, cuando tendré el gusto de ver mi nombre publicado junto al del duque de Hawkshire –dijo haciendo una mueca.

Belinda miró a Tamara.

–¿No es tu marido el propietario de ese periódico? ¿No puedo hacer algo con esa horrible mujer?

Tamara se aclaró la garganta.

–Tengo noticias que daros.

–Ya nos las has contado, ¿recuerdas? –bromeó Belinda–. Sabemos que estás embarazada y que el padre es Sawyer.

–Eso es agua pasada –dijo Tamara mirando alternativamente a ambas amigas–. La primicia es que Sawyer y yo hemos decidido seguir juntos.

–¿Por el bebé? –preguntó Belinda meneando la cabeza.

Tamara hizo un gesto con la cabeza.

–No, porque nos queremos.

Belinda la miró con expresión vacía. Pia sabía que era un tema delicado para Belinda, pues su amiga todavía no había conseguido la nulidad de su matrimonio con el marqués de Easterbridge.

–No me puedo creer que vayas a abandonar al trío de amigas por un aristócrata –le espetó Belinda.

–No es eso. Es que yo…

–¿Qué? –preguntó Belinda con expresión sardónica–. Te fuiste a vivir con Sawyer y te casaste por conveniencia. Y de repente –dijo haciendo un chasquido con los dedos–, como quien no quiere la cosa, te quedas embarazada de él y afirmas estar enamorada.

Tamara sonrió encogiéndose de hombros.

–Es lo más emocionante que me ha ocurrido nunca –confesó–. No buscaba el amor y, si me hubieras preguntado hace unos meses, te habría dicho que Sawyer era el último hombre… –Tamara dejó la frase inacabada antes de continuar–: Me he dado cuenta de que Sawyer es mi media naranja. Y lo mejor es que él piensa lo mismo de mí.

–Me alegro por ti, Tam. Una de nosotras se merece encontrar la felicidad.

Tamara esbozó una débil sonrisa.

–Gracias. Sé que ni a Pia ni a ti os gustan los amigos de Sawyer…

–¿Te refieres a mi marido? –preguntó Belinda maliciosamente.

–¿Te refieres a Hawk? –dijo Pia a su vez.

–Pero Sawyer y yo esperamos que seáis lo suficientemente civilizados como para poder estar juntos en la misma habitación. De hecho, habíamos pensado en invitaros a todos el sábado por la noche.

–¿Una fiesta para celebrar que seguís casados? –preguntó Belinda.

–Algo así –respondió Tamara, que miró a Pia, sentada a la derecha de Belinda–. Por favor, ven. Te encanta todo lo relacionado con las bodas.

Pia suspiró. No quería decepcionar a Tamara, pero no pensaba que fuera buena idea pasar demasiado tiempo en compañía de Hawk.

–¿Qué tal con Hawk, Pia? –preguntó Tamara, como si le estuviera leyendo el pensamiento–. Sé que estás organizando la boda de su hermana.

Pia vaciló. ¿Qué podía contarle a sus amigas? Ciertamente, no lo de los besos robados. Ni tampoco que los había disfrutado. Él le había dicho que estaba intentando reparar daños. Y de momento ella se lo había permitido. ¡Y de qué manera!

Volvió a recordar los besos y sintió un estremecimiento de placer. Sacudió la cabeza ligeramente como para sacarse el recuerdo de la mente. No. Estaba jugando con fuego y sería una locura volver a tropezar con la misma piedra.

Le había dado mucha pena averiguar la razón por la que él abandonó repentinamente su apartamento la noche en que durmieron juntos. Sus padres, que vivían en Pensilvania, gozaban de buena salud, y aunque no tenía hermanos, se imaginaba el dolor que Hawk habría sentido al perder inesperadamente a su hermano. Por otro lado, la muerte de éste no justificaba que no la hubiera llamado después. La única explicación posible era que Pia no había sido lo suficientemente importante para él.

Y sin embargo…

Pia sabía que aunque lo perdonara y dejara que la química explosiva que había entre ellos siguiera su curso natural ella ya no era la virgen inocente que había sido entonces. Podía demostrarle a Hawk que ella también era una persona sofisticada. Él estaba flirteando con ella y ella podía disfrutar de ello sin enamorarse.

Todos esos pensamientos vagaban por su mente cuando se dio cuenta de que Belinda y Tamara la estaban mirando.

Se aclaró la garganta.

—Hawk… me ha ayudado mucho –comentó–. Supongo que tengo sentimientos encontrados.

—¿Sentimientos encontrados? –preguntó Belinda poniendo los ojos en blanco–. ¿A eso se le llama ahora estar locamente enamorada? Pia, dime por favor que no te estás prendando de este tío otra vez.

—¡Por supuesto que no!

—Porque eres bastante blanda y no me gustaría que…

—N-no te preocupes. Gato escaldado, del agua fría huye… Pero estoy organizando la boda de su hermana y tengo que mantener una relación cordial.

—Genial –intervino Tamara–. Me alegro de que no te importe estar con Hawk el fin de semana que viene.

Belinda frunció el ceño.

–A mí no es Hawk el que me preocupa.

Pia no quiso reconocer que para ella Hawk sí que era motivo de preocupación.

Hawk bebió un sorbito de vino y sus sentidos entraron en alerta.

Pia.

La vio entrar en el salón de la casa que los condes de Melton tenían en el Upper East Side. Pero le dio la sensación de que había sentido su presencia antes de verla.

Estaba espectacular. Llevaba un favorecedor vestido tubo negro y blanco que la hacía parecer más alta y dejaba al descubierto sus estupendas piernas. Parecía que se había vestido para provocarle, para poner a prueba sus buenos propósitos.

Hizo ademán de acercarse a ella, pero una mano lo sujetó por el brazo. Se giró y vio a Colin, marqués de Easterbridge, quien le dedicó una sonrisa despreocupada.

–Ten cuidado. Se te nota que vas de cacería.

–Yo diría que es al revés. Parece inofensiva, pero…

Colin soltó una carcajada.

–Así son todas.

Hawk no dudó que el marqués se refería también a su propia esposa, Belinda Wentworth, que seguía siendo legalmente la marquesa de Easterbridge. Hawk tenía curiosidad por el estado de las relaciones entre Colin y Belinda, pero no quiso entrometerse. Colin podía ser enigmático, incluso para sus amigos.

–Lo tengo todo bajo control –respondió Hawk–. Conozco el terreno.

–No me cabe duda.

Hawk se encogió de hombros y comenzó a avanzar hacia Pia. ¿Qué más daba si todo el mundo se daba cuenta de que la deseaba?

Pia lo miraba expectante y desconcertada al mismo tiempo, como si se preguntara qué palabras había intercambiado con Colin.

–No te voy a preguntar si quieres beber algo –bromeó cuando llegó a su lado–. Por cierto, estás preciosa.

Pia se ruborizó.

–Gr-gracias. Tomaré una copa de vino.

Él tomó dos copas de la bandeja que ofrecía un camarero que pasaba por allí y le tendió una.

–Chin, chin –dijo él mientras entrechocaba su copa con la de ella–. ¿Cómo van los planes de la boda? Mi hermana me ha dicho que ha estado dos veces en tu apartamento esta semana.

Pia bebió.

–Sí, hemos hablado de las invitaciones y la decoración. Menos mal que ya ha elegido el vestido –sonrió con aire de complicidad–. Todo va viento en popa, de momento.

–Yo sólo he estado una vez en tu apartamento. ¿Puedo dejar claro que estoy celoso?

–Sólo si juegas bien tus cartas.

Hawk vaciló. Si no había oído mal, parecía que ella estaba correspondiendo a su flirteo. Aunque bromeaban a menudo, ella no solía mostrarse tan receptiva.

–¿Qué tal Mr. Darcy? –preguntó él–. ¿Necesita un modelo masculino al que imitar?

–En caso de que sea así, ¿lo serías tú?

–Me encantaría.

Pia dio un suspiro exagerado.

–¿Alguna vez hablas en serio?

–¿Cambiaría algo si te dijera que sí?

Pia lo miró a los ojos con solemnidad.

–Mi comentario ha sido injusto. He visto cómo te responsabilizas de tu hermana como cabeza de familia. Y la verdad es que me estás ayudando mucho.

–¿Te ha hablado Lucy de mí? –preguntó él.

Ella asintió.

–Y te ha hablado bien… Eso me gusta.

Hawk vio por encima del hombro de Pia cómo Colin se acercaba a Belinda y ésta se daba la vuelta y se dirigía hacia la puerta. Colin la siguió perezosamente, copa en mano. Dándose cuenta de que Hawk había dejado de prestarle atención, Pia se giró siguiendo su mirada.

–Vaya –dijo en voz baja–. ¿Me acabo de perder una pelea?

–Casi. Belinda se ha largado antes de que él pudiera acercarse.

–Al contrario que tú y yo.

Él la miró sorprendido y le sonrió.

–Algunos tenemos suerte.

Pia suspiró.

–Easterbridge debería concederle a Belinda la nulidad y dejar que siga adelante con su vida. Parece disfrutar atormentándola.

–Mis amigos no son tan horribles, aunque te cueste creerlo.

–Me cuesta creer que Easterbridge y tú seáis amigos. Él no puede «descasarse», mientras que tú…

Hawk alzó una ceja.

–¿Mientras que yo…?

–Nunca has estado casado –terminó la frase sin mucha convicción.

Le dio la sensación, a juzgar por la mirada de Pia, de que iba a acusarle de ser alérgico al compromiso, pero no fue así. ¿Habrían influido en Pia las palabras de Lucy? Sólo había una manera de averiguarlo.

Hawk bebió un poco de vino.

–Volvamos a un tema más agradable para mi ego. Así que Lucy me ha estado poniendo por las nubes.

Pia asintió con una leve sonrisa en los labios.

–Lucy me ha contado que durante los últimos tres años no has parado de trabajar, que has adoptado tu papel de duque, aprendido a gestionar las propiedades y fundado Sunhill Investments.

–¿Te sorprende?

Pia vaciló antes de menear la cabeza.

–No, pero… has actuado de manera diferente a como hiciste hace tres años. Las muertes de tu padre y de tu hermano debieron de ser muy duras para ti.

Hawk ya no pensaba en su padre y su hermano a diario, como había sido el caso tres años antes, pero la muerte de ambos había marcado una nueva trayectoria en su vida.

–William y yo nos llevábamos dos años. Éramos amigos y compañeros de juegos, además de hermanos. Yo, al ser el pequeño, solía salirme con la mía, mientras que William tenía asignadas de antemano una vida y unas responsabilidades.

Hawk no solía compartir este tipo de información personal.

–Pero un día, dejaste de salirte con la tuya…

Él asintió.

–Así es el destino. Ahora tengo dos trabajos que me tienen ocupadísimo. Así que, como puedes ver, también soy capaz de ser serio.

–Yo no he tenido la oportunidad de comprobarlo –protestó ella.

–Quizá es porque despiertas mi lado más travieso, porque contigo puedo relajarme y bromear.

Ella se ruborizó.

–Soy blanco fácil.

–Pero te defiendes muy bien.

Pia se humedeció los labios ante la mirada anhelante de él.

–¿Te gustaría conocer un aspecto más intenso y centrado de mí mismo? –preguntó, pues se le acababa de ocurrir una idea–. Mañana voy a hacer escalada en un rocódromo de un gimnasio de Brooklyn. Suelo entrenarme allí para la escalada de verdad.

Los ojos de Pia brillaron.

–Es la primera vez que conozco a un duque escalador.

–Es que soy un duque muy moderno. Es mi manera de dar salida al ímpetu aguerrido y conquistador de mis ancestros.

–De acuerdo.

Hawk aceptó su respuesta sin añadir que la escalada le servía también de válvula de escape. Y que en ese momento sentía una necesidad imperiosa de conquistarla y poseerla a ella.

Capítulo Ocho

La estaba manoseando pero bien. O por lo menos eso le parecía a Pia.

Entre que le enseñaba a usar el equipo y le explicaba cómo colocar los pies en el muro de escalada, a Pia le dio la sensación de que Hawk le había acariciado el cuerpo más aquella mañana en el gimnasio de lo que lo hubiera hecho en la cama.

Bebiendo ávidamente de una botella de agua, con el corazón a cien por hora y su ropa deportiva empapada en sudor, miró a Hawk con ganas de echársele encima. Él, todo músculo y masculinidad, sudaba sólo ligeramente, lo que demostraba su buena forma física. Aun así, Pia podía oler su sudor y hasta sus hormonas masculinas y su cuerpo reaccionó en consecuencia. Deseó que no se le pronunciaran los pezones y que en caso de que esto ocurriera él pensara que se debía a una corriente de aire fresco entrando en contacto con su piel húmeda.

–Eres la primera mujer que consiente mi hobby de escalar en roca. Y la única que ha estado dispuesta a acompañarme.

–¿Así que me has engatusado? –bromeó ella, emocionada por el comentario.

–Lo has hecho muy bien. Has llegado hasta arriba del todo y bajado –sus ojos brillaban, admirativos–. Y más de una vez. Enhorabuena.

–Gracias.

No sabía por qué le parecía importante demostrar que valía para uno de los pasatiempos de Hawk, pero el caso es que así era.

–¿Alguna vez te has encontrado a un tocayo tuyo en una de tus escaladas? –preguntó por decir algo. Trataba de pensar en otra cosa que no fuera su ajustada ropa de gimnasia.

Él la miró, divertido.

–¿Te refieres a un halcón? Solamente una vez, y creo que no le hizo mucha gracia.

–¿Empezaron a llamarte Hawk cuando adoptaste el título?

Él asintió.

–A mi padre lo llamaban Hawkshire; es costumbre llamar a los aristócratas por sus títulos, en lugar de por sus nombres y apellidos. Yo quería adoptar un nombre distinto y al final no hizo falta pensar mucho, pues Easterbridge y Melton empezaron a llamarme Hawk y con ese nombre me quedé.

–Te pega.

Él se frotó el puente de la nariz y la miró sonriendo.

–¿Te refieres a esto?

–¿Cómo te la rompiste? –preguntó aliviada de que no se mostrara ofendido.

–A riesgo de sacar a relucir mi mala reputación de antaño, tengo que reconocer que me metí en una pelea cuando estaba en la universidad.

–Una pelea que tú no provocaste, por supuesto.

–Naturalmente. Y los testigos no están autorizados a hablar del tema.

–Seguro que Easterbridge y Melton saben algo al respecto. Puede que les interrogue…

93

Hawk se echó a reír.

–Muy bien, pero mientras, podíamos salir de aquí.

–Vale.

–¿No tenías una cita con Lucy esta tarde en casa? ¿Por qué no vienes conmigo? –le ofreció él–. En casa te podrás duchar y cambiar más rápidamente. Podríamos comer algo y matar el tiempo antes de que vuelva Lucy.

Pia vaciló. ¿Ducharse y cambiarse en su casa? No, no, no. En el vestuario de chicas estaría a salvo, acompañada por miembros de la tribu femenina y no por un descendiente de conquistadores.

Hawk sonrió.

–Te prometo que no morderé. Hay un par de habitaciones de invitados con cuarto de baño dentro. Allí estarás cómoda.

Pia pensó que Lucy no tardaría en regresar a casa. Además, la presencia de los sirvientes ayudaría. Pero, cuando llegaron a casa de Hawk, Pia descubrió que Lucy no regresaría hasta la hora de su cita con Pia, y los sirvientes, discretos como eran, no aparecían por ningún lado.

Escogió un cuarto de invitados en tonos alegres amarillos y azules y se duchó en el baño de mármol contiguo antes de envolverse en una espléndida toalla de color azul.

Aquello sí que era lujo, pensó. Al salir del cuarto de baño, se fijó en la cama. Estuvo tentada de hundirse en ella. El colchón y la colcha parecían suaves y mullidos. Pero, resistiendo la tentación, empezó a vestirse. Se puso un top de color esmeralda, una falda gris oscuro, medias negras y bailarinas doradas.

Una vez estuvo lista, salió del dormitorio y avanzó

por el pasillo. Se detuvo frente a la puerta de la habitación que Hawk le había indicado que era suya y vaciló un momento antes de llamar. Hawk abrió la puerta, vestido con una camisa blanca impoluta y pantalones negros. Su pelo todavía estaba húmedo de la ducha. Exudaba magnetismo viril. ¿Cómo hacía para ser tan devastadoramente atractivo sin esfuerzo?

Él la miró con aire seductor y Pia sintió que el corazón empezaba a latirle con fuerza.

—Una mujer estupenda llamando a mi puerta. En otras circunstancias te invitaría a entrar y daría rienda suelta a mis licenciosos instintos.

—Y-yo no quería andar sola por la casa y no sabía dónde íbamos a comer. Espero que nadie me haya visto y pensado que soy una fisgona.

Él se echó a un lado y la hizo pasar. Pia miró en derredor al tiempo que Hawk hacía un gesto amplio con el brazo.

—Ésta es mi habitación.

—Es mu-muy bonita.

Un mobiliario oscuro y suntuoso contrastaba con tapizados en color crema y verde. La cama, con dosel, estaba presidida por un cabecero de madera adornado con volutas. Pia abrió la boca y humedeció los labios.

Hawk la estaba mirando, observando su reacción. Pia quiso decir algo, pero se detuvo.

—Odio mi tartamudeo —dijo de forma brusca y algo anodina.

—Pues a mí me parece encantador —se inclinó hacia ella con los ojos brillantes—. Es una muestra del efecto que ejerzo sobre ti.

—Esto… prometiste que no morderías.

–¿Somos como Caperucita y el Lobo Feroz? –preguntó él acercándose más a ella–. No me importaría jugar a eso.

Ella rió, a su pesar.

–Eres incorregible.

Él empezó a acariciarle el brazo.

–Prometí que no mordería, pero eso no me impide hacer otras cosas.

E, inclinando la cabeza hacia ella, depositó un leve beso en sus labios. Se apartó ligeramente pero luego, como si no pudiera resistirse, volvió a besarla, esta vez con más fuerza.

La rodeó con sus brazos y Pia deslizó los suyos por su cuello. Sus cuerpos se apretaron uno contra el otro, los músculos de él adaptándose a las suaves formas de ella a pesar de la diferencia de altura.

–Pia –murmuró Hawk–. Ha pasado mucho tiempo, pero no lo he olvidado.

Ella no quería que lo olvidara. Deseaba que lo recordara como lo recordaba ella.

De pronto Hawk se inclinó y, pasando el brazo bajo sus rodillas, la levantó del suelo y la llevó hacia la cama.

–Pia… Me recuerdas a una ninfa o un hada. Eres tan pequeña. Nunca había visto a una ninfa escalando un muro. Cuando estabas ahí arriba me moría de ganas de hacerte esto –dijo acariciándole la pierna.

Hawk cambió de posición, introduciendo la rodilla entre las piernas de Pia. Volvió a besarla en los labios, recorriendo lentamente su contorno con la lengua.

–L-Lucy puede volver a casa en cualquier momento –musitó Pia.

–Tardará –respondió él también en susurros.

Pia sintió su erección y su cuerpo reaccionó. Se le endurecieron los pezones y un calor húmedo se concentró entre sus muslos.

–¿Por qué me habré molestado en vestirme?

–No te preocupes, eso tiene fácil solución –dijo él besándola cerca del oído. Fiel a su palabra, le quitó rápidamente los zapatos y las medias y se acomodó entre sus piernas.

Ella sintió su cálido aliento en el muslo, y el áspero roce de su mandíbula en la delicada piel. Él fue dejando un sendero de besos primero por una pierna y luego por la otra. Pia se estremeció al sentir los lamidos. A Hawk parecía excitarle oírla gemir.

Enredando las manos en su pelo, le instó a que se incorporara para besarlo con urgencia. Se encontraron a medio camino y sus bocas se unieron apasionadamente.

Era una locura pensar que podía estar a la altura de un hombre de su experiencia y sofisticación. Desde que él la dejó ella había visto atentamente varias películas románticas, leído un par de libros y alquilado algunos vídeos. Todo con la intención de poner remedio a su ingenuidad e inexperiencia. Pensaba que la habilidad de Hawk no la habría enamorado si hubiera sido más ducha en esas lides. Y que Hawk no la habría abandonado si hubiera sido mejor en la cama.

En cualquier caso, no era el momento de contarle que se había estado instruyendo.

–¿Cómo voy a quitarte toda esta ropa? –preguntó él.

Ella se enderezó y salió de la cama.

–No tendrás que hacerlo. Me voy a desnudar para ti.

Él sonrió seductoramente y ella sintió un escalofrío en el estómago.

La habitación estaba fresca y en penumbra, pues él había corrido las cortinas mientras se cambiaba de ropa. Pia se quitó el top y lo arrojó sobre un tocador. Sabiéndose observada por Hawk jugueteó con los bordes de su sujetador de encaje rosa y se pasó la lengua por los húmedos labios, donde todavía podía sentir la huella de sus besos.

Sus pechos eran un poco grandes para su constitución, lo que le daba la apariencia de un hada exuberante. Pero desde el instituto no había vuelto a ver a un hombre mirándolos con tanta lujuria como lo estaba haciendo Hawk en ese momento.

Éste hizo un ademán con el dedo para que volviera con él. A Pia le dio un vuelco al corazón. Se acercó y él la atrapó entre sus brazos. Ella quedó a horcajadas sobre él, que se tumbó de espaldas en la cama.

Se besaron vorazmente en la boca. Luego él se deleitó con sus pechos mientras ella echaba la cabeza hacia atrás y se entregaba a las sensaciones.

–Hawk.

Le desabrochó el sujetador y se deshizo del estorbo sin dejar de besarla. Acunó ambos senos con las manos y se dispuso a besarlos con fruición. Pia sintió un calor dulce en su interior y se restregó contra él.

Hawk apartó momentáneamente la boca de sus senos para mirarla a la cara.

–Si no bajamos el ritmo, esto va a terminar en dos minutos.

–T-tres años de espera es mucho tiempo.

–Demasiado.

Con una mano Pia le desabrochó el primer botón de la camisa, y luego otro, y otro más, mientras él respiraba pesadamente. Cuando terminó con los puños, tiró de la prenda. Él colaboró incorporándose y quitándose apresuradamente la camisa y la camiseta que llevaba debajo. Pero, antes de que pudiera seguir quitándose ropa, ella lo detuvo con la mano.

–Déjame a mí.

Trabajó lenta pero segura. La respiración de Hawk se hizo más profunda mientras ella le quitaba el cinturón y le bajaba la cremallera. En la habitación resonó el golpe sordo de los zapatos al chocar contra el suelo y el murmullo de los pantalones y los calzoncillos deslizándose por la piel.

Pia le acarició el miembro antes de arrodillarse ante él.

–Pia, Pia… Ay, qué gusto –gimió Hawk.

Pia estaba abstraída en una experiencia que era nueva para ella. Sentía la tensión de los músculos de Hawk y el calor palpitante de su piel. Y cuando lo besó de la manera más íntima que podía imaginarse, él se quedó rígido y gimió agarrándose a la mesita de noche.

–Pia –dijo con voz ronca–. Has cambiado… mucho.

Durante los tres últimos años Pia había tenido tiempo de reproducir en su mente la noche en que perdió la inocencia. Había tenido tiempo de imaginar diferentes situaciones, de verse a sí misma seduciendo en lugar de dejándose seducir. Y ahora, de pronto, tenía la oportunidad de hacer realidad aquellas fantasías. Y con él.

Se centró en darle gusto, deleitándose en el sonido de sus gemidos de placer. Quería hacerle perder el control.

Unos instantes después, Hawk la apartó de su miembro y la levantó para besarla salvajemente.

–No quiero saber dónde has aprendido a hacer eso.

A Pia le agradó percibir un deje de celos en su voz.

–T-tómame –dijo ella, en una súplica que era a la vez una orden–. Hawk, p-por favor.

Él la envolvió en sus brazos y volvió a tumbarla sobre la cama. Le quitó la falda, la única prenda que la cubría, la última barrera que protegía su cuerpo de su ávida mirada.

–Tu belleza me tortura...

Pia sintió un estremecimiento.

–¿Utilizas algún método de protección? –preguntó él.

Ella negó con la cabeza. Él abrió el cajón de una mesita cercana y sacó un paquete.

–Tengo que estar preparado cuando te tengo cerca. Me haces perder la cabeza, me guste o no.

Se colocó el preservativo y Pia lo recibió en sus brazos. Quería que perdiera el control. Necesitaba imperiosamente unirse a él, deseaba volver a experimentar la sensación de entrar con él en el paraíso. Había pasado tanto tiempo...

Él la penetró y ambos cerraron los ojos para disfrutar la dulce sensación de su unión. Hawk comenzó a moverse dentro de ella mientras se besaban y gemían. Él le mordió levemente la delicada piel de la garganta mientras ella deslizaba las manos por sus duros músculos, instándole a seguir. Pia se convulsionó suavemente, primero una vez, luego otra.

–Así me gusta –murmuró Hawk–. Quiero que te corras, Pia, córrete otra vez –la animó en dulces susurros.

Pia tembló, su cuerpo estaba a punto de llegar al éxtasis. Sus piernas rodearon a Hawk con fuerza y sus manos agarraron la colcha. Él continuó moviéndose en su inexorable intento de darle placer.

Cuando el cuerpo de Pia comenzó a dar sacudidas él gimió y se vació dentro de ella, rematando portentosamente el orgasmo de ella con uno propio.

Pia lanzó un grito de alivio y Hawk la abrazó con fuerza. Tenía la piel húmeda y caliente. Con los corazones galopando a mil por hora, volvieron a descender al mundo real.

Para Pia, aquello había sido un sueño hecho realidad.

Capítulo Nueve

En circunstancias normales, un almuerzo con Colin, marqués de Easterbridge y Sawyer Langsfrod, conde de Melton, en el comedor del Sherry-Netherland Hotel, era una ocasión festiva y relajante. Pero últimamente, la notoriedad acechaba al trío de amigos.

Colin alzó la mirada de su BlackBerry con expresión interrogadora.

–Vaya, vaya, Melton, parece que Hollings ha vuelto a las andadas.

–¿Qué demonios ha escrito esta vez? –preguntó Sawyer.

–El tema volvemos a ser nosotros. O, más bien, Hawkshire.

–Qué detalle por tu parte, Melton –comentó Hawk secamente–, incluirnos en la columna de cotilleo del *Intelligencer.*

–Por lo visto Hawkshire está aprendiendo el arte de organizar bodas.

Sawyer enarcó las cejas y giró la cabeza para mirar a Hawk con aire divertido.

–Pues bien guardado te lo tenías… ¿Cómo has podido ocultarnos algo así?

Maldición.

Hawk supo que iba a ser el blanco de las bromas de sus amigos.

–Mi hermana se casa.

–Hemos oído –leyó Colin en su BlackBerry– que cierto adinerado duque ha sido visto en compañía de una encantadora organizadora de bodas. ¿Habrá enlace a la vista?

–Es encantadora, esta Hollings –intervino Sawyer.

–Una verdadera fuente de información útil.

Hawk permaneció callado, negándose a contribuir a las burlas de sus amigos.

–¿Qué tal está tu madre, Hawk? –preguntó Sawyer–. La última vez que tuve la suerte de gozar de su compañía comentó que te estaba buscando novia. De hecho, creo recordar que nombró a alguien en concreto.

–Michelene Ward-Fombley –respondió Hawk sucintamente.

Sawyer asintió.

–Un nombre... muy apropiado.

Seguramente Sawyer y Colin conocían de vista a Michelene, pues ésta provenía del mismo círculo aristocrático. Su abuelo era vizconde, y no de una ciudad provinciana de Pensilvania.

Había salido un par de veces con Michelene en los tiempos en que se planteaba sus deberes como nuevo duque. Pero su trabajo en Sunhill Investments lo había absorbido por completo y había dejado de llamarla. No le resultó difícil, pues la chica no despertaba en él fuertes emociones.

–¿A qué estás jugando, Hawk? –preguntó Sawyer, yendo directo al grano.

Desde que el matrimonio de conveniencia de Sawyer con Tamara se había convertido en uno por amor se había vuelto muy protector con ella y sus amigas, Pia y Belinda.

Pia.

No tenía intención de hablar de Pia con Melton y Easterbridge. La experiencia del día anterior había sido la más apasionada de su vida. Sentía una conexión visceral e inexplicable con Pia. Quizá por eso nunca la había olvidado.

Era virgen la primera vez que hicieron el amor, pero a juzgar por lo ocurrido la tarde anterior, había aprendido mucho en los últimos tres años, reconoció con una punzada en el estómago. Lo había pillado por sorpresa: el seductor había sido el seducido.

La deseaba. Durante las últimas veinticuatro horas no había podido pensar en nada más que en llevarse a Pia a la cama otra vez. Ahora que habían vuelto a ser amantes, no quería dar marcha atrás.

La llegada de Lucy los había forzado a poner fin a su encuentro amoroso, de lo contrario, Hawk estaba seguro, habrían pasado el día entero en la cama.

Pero Pia bajó las escaleras como si nada hubiera ocurrido y saludó a Lucy como si acabara de llegar a la casa y la estuviera esperando.

¿Por qué le contrariaba que el romántico episodio pareciera no haber dejado huella en Pia? Al fin y al cabo, sus responsabilidades como duque le impedían embarcarse en una relación seria con ella.

Hawk se dio cuenta de que Sawyer estaba esperando una respuesta.

—No estoy jugando a nada —dijo eligiendo cuidadosamente sus palabras. No sabía cómo calificar la relación con Pia. Estaba confuso, perdido.

Sawyer lo miró, pensativo.

—Procura no hacerle daño a Pia.

Si había alguien en peligro de sufrir con todo aquello, era él mismo, pensó Hawk.

***

Pia se estremeció de emoción cuando el portero llamó para anunciar que Hawk estaba abajo.

–Dígale que suba –dijo antes de colgar el auricular.

Se abrazó a sí misma y miró a Mr. Darcy, que la contemplaba como un amigo resignado a verla cometer el mismo error dos veces. Pia percibió la desaprobación felina. El gato parecía decirle:

«Wickham otra vez. ¿Es que no has aprendido nada?».

–Ay, no me mires así –dijo Pia–. No se llama Wickham, lo sabes muy bien. Y estoy segura de que ha venido aquí por una buena razón.

«Claro, y los gatos tienen nueve vidas. Ya me gustaría a mí».

–Eres un gato muy cínico. ¿Por qué te adoptaría?

«Sabes perfectamente por qué lo hiciste: porque soy el antídoto a tu naturaleza ingenua y romántica».

–Ya no soy tan ingenua como antes.

Pia se ruborizó al recordar el idilio del domingo por la tarde. Era increíble lo desinhibida que se había mostrado con él. Había elevado el nivel del juego. Y, aunque le costara reconocerlo ante sí misma, tal vez su intención había sido demostrarle que podía retenerlo, al contrario de lo que pasó la primera vez.

Pero debía tener cuidado. No podía arriesgar de nuevo su corazón. Ya no era la virgen inocente que creía en cuentos de hadas. Disfrutaría del placer que Hawk le proporcionaba y estaría dispuesta a decirle adiós sin lamentos cuando llegara la hora.

Miró el reloj. Eran pasadas las cinco. Debía de haber venido a verla directamente desde la oficina. No lo había visto desde el revolcón, pero eso estaba a punto de cambiar.

Hawk salió del ascensor y la vio inmediatamente, esperándole en la puerta.

—H-Hawk —dijo Pia con una voz ligeramente entrecortada.

Llevaba un vestido de sport azul, el pelo suelto y un toque de brillo en los labios. Estaba para comérsela.

Sin vacilar, él avanzó hacia ella, la envolvió en sus brazos y le dio un apasionado beso. Finalmente, alzó la cabeza y la miró.

—No sabes cómo me excita tu tartamudeo.

—Ése es seguramente el piropo más extraño que ha recibido jamás una mujer —replicó ella ruborizándose.

Por encima del hombro de Pia, Hawk vio a Mr. Darcy estirando la cabeza desde su mullida cesta para mirarlo. Hawk tuvo la sensación de que era persona non grata para el felino. Le sostuvo la mirada con firmeza hasta que el gato bajó la cabeza, cerró los ojos y continuó con su siesta.

—¿Pasa algo? —preguntó Pia dando un paso atrás e invitándole a entrar.

Él la siguió y esperó a que ella cerrara la puerta. A continuación deslizó un brazo por su cintura y la atrajo hacia él.

—Pasa que estoy loco por verte desde el domingo.

Había salido del trabajo pronto para darle una sorpresa y, a juzgar por la reacción de Pia, había sido una sorpresa agradable.

—He tenido una semana de locos y cuando volví de Chicago ayer por la noche supe que no bastaría con una llamada de teléfono.

–¿Ah, no?

Él la besó en la oreja.

–Necesitaba tu presencia.

–Excelencia –repuso ella, juguetona–, esta situación no es muy apropiada. Podrían llegar clientes en cualquier momento. Estamos en horario de trabajo.

–¿Esperas a alguien a estas horas?

–No –admitió ella.

–Entonces, no hay problema.

–Claro que lo hay –bromeó ella–. Es la vieja historia del señor de la casa arrinconando a la doncella…

–¿Por qué, porque eres mi empleada? –murmuró él rozándole la sien con los labios.

Ella asintió.

–En cualquier caso, ¿me darás el gusto de…?

Ella inclinó la cabeza hacia un lado, como si considerara la situación.

–Pues…

Sin esperar respuesta, él le acarició la pierna, deslizando la mano por debajo del vestido hasta llegar a la cadera. Apartó a un lado las braguitas y la acarició íntimamente.

Los ojos de Pia se enturbiaron de deseo.

–Quiero conocer hasta el último centímetro de tu piel –murmuró–. Saborearte, aspirar tu esencia. ¿Pia?

Ella se humedeció los labios.

–Oh, s-sí, te doy el gusto.

Ambos estaban tan excitados que apenas podían hablar. Sin dejar de besarla sacó la mano de debajo del vestido, la envolvió en sus brazos y, tras levantarla, la llevó al dormitorio. La depositó en la cama y se tomó unos instantes para observarla. Ella lo miró con deseo. Tenía el dorado cabello esparcido por la colcha y sus labios brillaban, húmedos de besos. Estaba preciosa. Él cerró los ojos y respiró hondo.

–Oh, Hawk…

–No digas nada.

Le quitó los zapatos, le levantó la falda del vestido y le bajó las braguitas. Inclinándose hacia ella, deslizó las manos bajos sus muslos para levantarle el trasero y la atrajo hacia sí. Ella quedó abierta ante él y él comenzó a besarle los muslos, primero uno y luego el otro.

Pia se estremeció al sentir que su boca finalmente alcanzaba el centro de su feminidad. Se movía sin prisa, lamiéndola despacio. El dormitorio se llenó de los gemidos y jadeos de Pia.

–¡Ay, H-Hawk….!,

Dejó escapar un largo gemido antes de llegar al orgasmo. Entonces Hawk levantó la cabeza. Era increíblemente receptiva y a él le estaba costando controlarse.

Sin dejar de mirarla se desabotonó la camisa y se bajó la cremallera del pantalón. Sólo se molestó en quitarse los zapatos. Sacó un preservativo del bolsillo y se lo colocó antes de inclinarse de nuevo hacia ella. Estaban tan excitados que no podían perder tiempo en quitarse más ropa de la necesaria.

Pia deslizó las manos por sus brazos y arqueó su cuerpo hacia él. Ambos suspiraron cuando él la penetró. Hawk luchó por no perder el control. El sexo de Pia seguía tan apretado como cuando le arrebató la virginidad. Podía perderse dentro de ella una y otra vez. Y lo hizo, apenas unos instantes después.

Entró y salió de ella repetidas veces, proporcionándole a ambos un intenso placer. Sintió cómo Pia jadeaba y sufría espasmos.

—Así me gusta —la instó con voz ronca.

—Oh, Hawk, p-por favor…

No tuvo que suplicar. Tan pronto hubo hablado un clímax poderoso se apoderó de él. Comprobó con satisfacción que ella se había visto sacudida por un orgasmo una vez más. La embistió por última vez y finalmente se desplomó sobre ella.

Se quedaron tumbados en la cama, relajados, exhaustos. Pia descansaba a su lado y le acariciaba el brazo. Parecía satisfecha, y él decidió tentar su suerte.

—Ven a pescar y montar conmigo —dijo sin preámbulos.

Pia se quedó inmóvil y reprimió una risita.

—¿Acaso no es lo que acabamos de hacer?

Él negó con la cabeza.

—No me refería a eso. Hablaba de que vengas conmigo a pescar y montar a caballo en Silderly Park, en Oxford —explicó él refiriéndose a sus propiedades en Inglaterra.

Él pensó que aquello ya no tenía nada que ver con la boda de Lucy. Yendo a Silderly Park, Pia entraría en el corazón de su aristocrático mundo.

Había formulado la invitación impulsivamente y acababa de darse cuenta de lo mucho que le importaba la respuesta.

—Acepto —susurró ella levemente antes de apoyar la cabeza en su hombro.

Él sonrió, relajado.

—Estupendo.

Pia era suya, e iba a hacer lo posible para que siguiera siéndolo.

Capítulo Diez

–Las invitaciones saldrán la semana que viene –explicó Pia, con ánimo tranquilizador.

Era lunes por la tarde y Lucy y ella se habían reunido a tomar el té en casa de la primera para ultimar detalles de la boda.

–Espléndido –intervino Lucy alisándose el pelo rubio–. A Derek le agradará saberlo.

Era un placer trabajar con la hermana de Hawk, pensó Pia. Lucy y Derek deseaban una ceremonia y banquete relativamente sencillos, pero que incluyeran algún guiño al linaje británico y el trabajo como actriz de Lucy.

De momento todo había ido bien. En citas anteriores, la pareja había elegido fotógrafo, músicos y florista. Y aquel día, Lucy y ella ya habían hablado de la música nupcial, las lecturas y otros detalles de la ceremonia.

–El florista tiene una página web –continuó Pia– que puedes consultar, pero he traído mi propio álbum de fotos de otras bodas en las que he trabajado, por si te sirve de inspiración. Te lo dejo para que le eches un vistazo. La próxima vez que nos veamos, hablemos de lo que quieres antes de encontrarnos con el florista.

Lucy asintió mientras pasaba las páginas del álbum.

–Me será de mucha ayuda –dijo mirando a Pia–. Eres tan organizada, Pia. Gracias.

Pia sonrió pues las organizadoras de boda no solían recibir muestras de agradecimiento por su trabajo, al menos no hasta después del enlace.

–El otro asunto sobre el que tienes que pensar –continuó Pia– es la música que sonará durante el banquete.

–Sin duda, canciones de Broadway –dijo Lucy riendo–. ¿Podré hacer mi entrada con la banda sonora de *El fantasma de la ópera* de fondo?

–Podrás hacer lo que tú quieras –respondió Pia antes de plantear con delicadeza una cuestión–: ¿Qué opina tu madre?

En su experiencia, las madres de las novias solían tener mucho que decir. Pia había tenido que mediar en más de una ocasión.

–Mamá tiene las mejores intenciones, pero puede ser un poco pesada –declaró Lucy cerrando el álbum de fotografías–. Pero Hawk la tiene bajo control. Además, el hecho de que la boda tenga lugar en Nueva York, a miles de kilómetros de Silderly Park, ayuda.

–La verdad es que fue una maniobra hábil esto de celebrar aquí la boda –concedió Pia–, si lo que querías era evitar intromisiones.

Lucy sonrió maliciosamente.

–Gracias, fue idea de Derek.

–¿También fue idea de él lo de casaros el día de Nochevieja? –quiso saber Pia.

–Fue una idea estupenda, ¿no crees?

–Sin duda, original.

–Lo sé –rió Lucy–. Estoy segura de que mi madre se puso hecha una verdadera furia. Me la imagino podando el jardín muerta de rabia.

Pia se imaginó la escena, aunque no conocía a la madre de Hawk. Esbozó una sonrisa sin querer.

–Hawk me ayudó –continuó Lucy–. Estoy en Nueva York gracias a él, ésa es la verdad.

Estaba claro que Lucy adoraba a su hermano.

–Hablando de Hawk, me ha dicho que vas a visitar Silderly Park en Oxford.

Pia vaciló. ¿Qué le había contado exactamente Hawk a Lucy? Al principio se había cuidado mucho de hablar con Lucy de Hawk por miedo a sonar demasiado mordaz. En cambio, ahora, se ruborizaba al pensar en todas las cosas que Hawk y ella hacían para pasar el tiempo y que no podía comentar con Lucy.

–Sí, me quedaré unos días en Silderly Park pescando y montando a caballo.

–Dime que te quedarás en Oxford hasta el uno de diciembre –suplicó Lucy–. Sería maravilloso que vinieras a la fiesta de compromiso que mi madre ha insistido en organizar en casa.

Era la primera vez que una clienta le pedía a Pia que fuera a una fiesta como invitada.

–Esto, yo… –Pia se aclaró la garganta y sonrió, impotente–. Vale.

Lucy le devolvió la sonrisa y Pia se preguntó si todos los Carsdale serían igual de persuasivos.

O Lucy no tenía ni idea de la relación que mantenía su hermano con la organizadora de bodas o era muy buena actriz.

Pia apartó esos pensamientos.

–Gracias por la invitación.

Lucy rió.

–No seas tonta. Soy yo la que te tiene que dar las gra-

112

cias, pues tendrás que soportar a mi madre y a mi hermano.

Hawk. Si Lucy supiera…

Aunque su encuentro con Hawk hacía tres años había sido efímero Pia había percibido un profundo cambio en él. Acarreaba sobre sus hombros una mayor responsabilidad y había logrado el éxito con su propio trabajo. Era muy considerado, sólo había que ver cómo la estaba ayudando con su negocio. Y tenía íntimos conocimientos de sus dotes como amante.

Lucy la observó detenidamente.

—Espero que no te moleste lo que te voy a decir, pero el primer día que viniste me dio la sensación de que no te llevabas bien con mi hermano.

—Así es —confesó Pia—. No me formé muy buena opinión de él cuando lo conocí hace unos años.

No era del todo verdad. Hawk le había gustado tanto que se había acostado con él. Sus sentimientos hacia él se agriaron después.

—Lo entiendo. Sé que mi hermano vivió unos años locos, aunque nunca me contó los detalles porque yo era muy pequeña. Pero esa fase de su vida terminó hace tres años.

—Hawk me lo ha contado —declaró Pia, comprensiva.

Pero le dio la impresión de que Lucy se refería a otra cosa. ¿Estaría tratando de persuadir a Pia de que Hawk ya no era tan terrible? ¿Por qué le importaba lo que la organizadora de bodas pensara de su hermano? Pia se preguntó si Lucy sospechaba algo.

—Hawk se ha adaptado muy bien al papel de cabeza de familia. Y Sunhill Investments ha saneado la economía familiar en sólo un par de años. Increíble.

Lucy le tocó el brazo.

–Lo que te quiero decir, Pia, es que Hawk ya no es la persona que era hace tres años. Creo que deberías darle una oportunidad.

Pia abrió la boca, pero volvió a cerrarla.

–Está todo perdonado –dijo finalmente para contento de Lucy–. No tienes por qué preocuparte. Tu hermano y yo nos llevamos muy bien.

–Bien –aceptó Lucy con una sonrisa–. Porque sé que le gustas. Me habló muy bien de ti cuando te recomendó como organizadora de la boda.

Pia sonrió, dubitativa, pues no sabía en qué se basaba Lucy para decir aquello. En cualquier caso, la recorrió una corriente de felicidad.

Su reacción era maravillosa, pero también un motivo de preocupación…

Pia caminaba detrás de Hawk por el impresionante jardín. Desde su llegada a la finca familiar de Hawk en Oxford dos días antes, Hawk y ella habían salido a pescar y a montar a caballo, tal y como habían planeado. Pia había recorrido asimismo largas distancias tratando de asimilar la enormidad de la mansión.

La residencia principal de Hawk tenía dos alas y su centro, medieval, había sido reformado y ampliado a lo largo de los siglos. Algunos techos estaban adornados con fabulosos frescos y dos salones estaban recubiertos de paneles de madera de roble. Una magnífica estancia ofrecía capacidad para sentar a doscientos o trescientos invitados. De las paredes colgaba una impresionante colección de artistas de los XVIII y XIX, como Gainsborough y sir Joshua Reynolds.

Aunque ya no le hacía falta el dinero, Hawk abría

Silderly Park al público, para que éste pudiera admirar los salones de ceremonias.

Pia no podía evitar sentirse fuera de lugar. Al contrario que Belinda y Tamara ella no había nacido en el ambiente de la alta sociedad.

–Los jardines son de finales del XVIII –explicó Hawk sacándola de su ensimismamiento–. En esta parte hemos plantado al menos cinco o seis especies de rosas diferentes.

–Éste sería un lugar estupendo para aprender sobre las rosas que se emplean en las bodas. Todas las novias buscan algo diferente, único.

–Si quieres, el jardinero puede darte información –le ofreció Hawk, mirándola de reojo–. O si no, podrías volver la próxima primavera.

Pia sintió un estremecimiento. ¿Pensaba Hawk que su relación duraría hasta la primavera?

–Tal vez –contestó ella sin mirarlo–. La primavera es la estación de las bodas y suelo estar muy liada, como podrás imaginar.

–Hazlo sólo si puedes hacerme un hueco en tu ajetreada agenda –bromeó él.

Ella lo miró. Estaba muy en su papel de dueño de la mansión, con sus pantalones de lana y su chaqueta de tweed.

–Estos días estoy muy ocupada, gracias a ti. Justo antes de salir de Nueva York recibí una llamada de otra amiga tuya que buscaba una organizadora de bodas.

Hawk sonrió.

–Estoy animándolas a todas a que se casen para darte trabajo.

Pia sonrió, agradeciéndole silenciosamente su ayuda.

Con la excepción de la boda de Tamara, todos los proyectos nuevos que le estaban saliendo venían de Hawk.

Tenía mucho que agradecerle, incluyendo la reserva y compra de dos billetes en primera clase de Nueva York a Londres.

Llegaron a un seto de elaboradas formas y él se giró para mirarla. Sonriendo, le acarició la línea de la mandíbula, lo que le provocó un estremecimiento.

–Si no estuviéramos en noviembre… –murmuró, con brillo en la mirada–. Afortunadamente, tenemos una cama cerca.

Pia sabía a qué cama se refería. Había dormido en ella aquella noche.

El dormitorio de Hawk en Silderly Park era una estancia enorme, más grande que el apartamento de Pia en Nueva York. Estaba antecedido por un saloncito y contaba con una cama con dosel, paredes forradas de papel rojo y blanco y techos con molduras. Todo muy apropiado para un duque.

Hawk enlazó las manos con las de Pia y ambos echaron a andar en dirección a la casa.

Una vez en su dormitorio, Hawk la desvistió lentamente, con ternura, haciendo que asomaran lágrimas a sus ojos. Hicieron el amor con indolencia, como si dispusieran de todo el tiempo del mundo.

Después, descansando en los brazos de Hawk, Pia lanzó un suspiro de satisfacción.

–¿Sabes, Hawk? Eres el único amante que he tenido. No ha habido ningún otro hombre en los últimos tres años.

Hawk alzó las cejas, desconcertado.

–Pero si eres una mujer muy deseable…

Pia soltó una risita.

–N-no ha sido por falta de oportunidades, sino por elección propia.

–No lo entiendo. Ahora tomas la iniciativa y haces cosas que… no hacías antes.

–Libros y vídeos –respondió sucintamente–. Quería aprender.

«Para no volver a correr el riesgo de perderte debido a mi falta de experiencia», pensó.

Hawk se quedó callado unos instantes y Pia sonrió indecisa. La expresión de Hawk se suavizó.

–Me siento muy honrado –murmuró–. Por eso no usabas anticonceptivos el primer día que hicimos el amor, después de escalar.

–Porque no había necesidad.

–Aquel día dijiste que tres años era mucho tiempo –señaló Hawk–. Pensé que hablabas del tiempo que llevábamos sin estar juntos. Pero te referías al tiempo que llevabas sin mantener relaciones sexuales, ¿verdad?

Pia asintió de nuevo, con ojos traviesos.

–¿Te apetece acortar el tiempo de espera entre revolcones?

Hawk soltó una carcajada.

–Ay, Pia, me va a costar seguirte el ritmo.

Después de eso, ninguno de los dos salió de la cama durante un largo rato.

Hawk experimentó una sensación de *déjà vu*. La diferencia era que la primera vez él había sospechado que Pia era virgen, pero esta vez no podía imaginarse que sólo había tenido un amante: él.

Sintió una oleada de posesividad. No le gustaba la

idea de imaginarse a Pia con otros hombres, aprendiendo cosas que él podía enseñarle.

–¿Qué opinas, Hawk?

Hawk se encontró con tres pares de ojos expectantes. Su madre, su hermana y Pia se encontraban en el salón verde de Silderly Park ultimando los detalles de la boda. Él se había apostado cerca de la chimenea manteniendo cierta distancia de seguridad.

–¿Qué te parece si sentamos al barón Worling con la princesa Adelaida de Meznia? –volvió a preguntar su madre.

Hawk sabía que la pregunta iba con intención, de otro modo su madre no se habría molestado en formularla. Pero el matiz se le escapaba. ¿Tenía el barón una conversación aburrida? ¿Pensaría la princesa Adelaida que el barón estaba por debajo de su rango? ¿Tal vez uno de los antepasados del barón había retado a duelo a un miembro de la familia real de la princesa Adelaida?

Hawk se encogió de hombros.

–Estoy seguro de que lo que decidas será lo correcto.

Su madre se quedó perpleja.

–¿Y si sentamos al príncipe de Belagia a la izquierda de la princesa Adelaida? –sugirió Pia.

La madre de Hawk se animó.

–Me parece una idea excelente.

Hawk lanzó a Pia una mirada agradecida.

Estaba guapísima con un vestidito azul marino de lunares, que acentuaba su busto sin exagerarlo. Presentaba un aspecto recatado y profesional, justo el tipo que merecía la aprobación de su madre, la duquesa viuda de Hawkshire.

Mientras las mujeres volvían a hablar de la boda, Hawk comenzó a idear maneras de quedarse a solas con Pia. Tal vez podría inventarse una llamada de teléfono que exigiera su inmediata atención, o fingir una imperiosa necesidad de consultar con ella el atuendo que llevaría el día de la boda.

Su madre alzó la cabeza y Hawk le devolvió la mirada con indolencia. Se preguntó si su madre sospecharía que entre él y la organizadora de la boda de su hermana había algo más que una relación laboral. Decidió dejarla conjeturar.

Pia y él tenían habitaciones separadas, y habían llevado sus encuentros amorosos con discreción. Además, Silderly Park era tan grande que sería raro que sus correrías nocturnas llamaran la atención.

Lo cierto era que todavía tenía que aclarar sus sentimientos por Pia y decidir qué iba a hacer a continuación. Había comenzado tratando de reparar sus faltas del pasado, pero las cosas se habían complicado.

Sus circunstancias actuales le hacían acarrear grandes responsabilidades, pero no podía controlarse en lo referente a Pia. Seguramente faltó al colegio el día en que explicaron cómo mantener las manos quietas.

Era el primer y único amante de Pia.

Era extraordinario. Y maravilloso.

Pero también lo había dejado bloqueado, incapaz de decidir qué hacer.

Durante años, su código de conducta en lo referente a las mujeres le había dictado no involucrarse demasiado. Por esa razón nunca había sido, ni querido ser, el primer amante de una mujer. Hasta que llegó Pia.

Y, aunque no tenía claras muchas cosas, sabía que no quería volver a hacerle daño.

El mayordomo entró seguido de una chica morena que le resultó familiar.

Al ver cómo se animaba su madre, Hawk reconoció a la recién llegada. Una sensación de catástrofe inminente lo invadió antes de que abriera la boca el mayordomo.

—La señorita Michelene Ward-Fombley acaba de llegar.

Capítulo Once

Pia alzó la mirada y vio a una atractiva morena entrando en la habitación. Tuvo la sensación, inmediata e inexplicable, de que algo iba mal.

La duquesa de Hawkshire, sin embargo, se puso en pie sonriendo.

–Michelene, querida, qué bien que hayas venido a vernos.

Michelene dio un paso adelante y ambas intercambiaron besos en el aire.

Pia miró en derredor y advirtió que Lucy tenía cara de preocupación, mientras que Hawk estaba inmóvil junto a la chimenea.

Imitando a Lucy, Pia se puso en pie mientras se hacían las presentaciones.

–Te presento a la señorita Pia Lumley, que nos está ayudando mucho en la organización de la boda de Lucy –declaró la duquesa con una sonrisa.

Pia estrechó la mano de Michelene, a la que catalogó como una aristócrata fría y dueña de sí misma.

–Hawk –murmuró Michelene con voz grave y sensual.

¿Hawk? ¿No «Excelencia»? Pia frunció el ceño. ¿Qué relación unía a Michelene y Hawk?

–Michelene –saludó Hawk sin moverse de su puesto junto a la chimenea–. Qué alegría verte. No me habían dicho que vendrías hoy.

Hawk le lanzó a su madre una mirada cargada de significado, a la que la duquesa respondió con otra.

–¿No dije que Michelene llegaría antes para la fiesta de Lucy de mañana? –preguntó la duquesa con cara de sorpresa–. Vaya, lo siento.

–Espero que no sea una molestia –intervino Michelene con una risita.

–En absoluto. Eres más que bienvenida –adujo Hawk sin perder la calma, mirando alternativamente a Michelene y a su madre–. Silderly Park es lo suficientemente grande para alojar a visitas inesperadas.

Quienquiera que fuera Michelene, estaba claro que era una amiga de los Carsdale. ¿Sería una antigua amante de Hawk? Pia comenzaba a sentirse celosa.

–Estábamos hablando de los preparativos de la boda –explicó la duquesa al tiempo que tomaba asiento–. ¿Por qué no te unes a la conversación?

–Gracias –contestó ella, sentándose también–. Seguro que aprendo mucho –y, sonriendo en dirección a Hawk, añadió–: Hubo un tiempo en que pensé en ser organizadora de bodas. Desgraciadamente, la vida tenía otros planes y permanecí en mi trabajo en el mundo de la moda.

Pia se agitó, incómoda. Se preguntó si Hawk y Michelene habrían sido algo más que amantes y si habrían estado a punto de casarse. ¿O quizá Michelene había esperado una propuesta de matrimonio que nunca había llegado a materializarse?

–¿Qué tipo de t-trabajo? –saltó Pia, desconcertada por sus propios pensamientos.

Le avergonzó la inesperada aparición del tartamudeo. Michelene la miró con interés.

–Trabajo en el departamento de compras de Harvey Nichols.

Pia conocía esos grandes almacenes de lujo, muchos de cuyos artículos no podía permitirse.

–Ser organizadora de bodas debe de ser interesante –continuó Michelene–. Seguro que tienes historias muy divertidas que contar.

Este año sobre todo, pensó Pia.

–Me encanta mi trabajo –respondió con sinceridad–. Disfruto formando parte de uno de los días más importantes de la vida de una pareja.

Pia sintió la mirada de Hawk posada en ella.

–Pia ha sido de gran ayuda –la animó Lucy con una gran sonrisa.

–Ya veo –dijo Michelene–. Me gustaría quedarme con su tarjeta, señorita Lumley.

–Pia, por favor.

–Por si acaso alguien que yo conozco necesita los servicios de una organizadora de bodas.

Pia volvió a sentir que la conversación tenía un sentido subyacente que a ella se le escapaba.

Antes de que nadie pudiera decir algo más, apareció el mayordomo para anunciar que la modista de Lucy había llegado. Mientras ésta entraba en la sala Pia miró a Hawk y vio que éste no había cambiado su enigmática expresión.

Deseó averiguar lo antes posible lo que estaba ocurriendo realmente. Porque sin duda Hawk y ella verían a Michelene en la fiesta de compromiso del día siguiente.

***

Pia contempló el rutilante enjambre de invitados desde su puesto en uno de los extremos de la larga mesa de comedor, que había sido dispuesta paralela a otra en el gran salón. Habría cena y baile en la fiesta de compromiso, una recepción formal organizada por la duquesa viuda. Los hombres llevaban esmoquin y las mujeres, traje de noche.

Pia se había puesto uno de los dos vestidos largos que poseía. Era de estilo griego y color lavanda, y su tejido drapeado acentuaba ingeniosamente el busto y la hacía parecer más alta.

Mientras hundía el cuchillo en el medallón de carne aprovechó una pausa en la conversación con los invitados que tenía a ambos lados para mirar de reojo a Hawk. Éste, guapísimo, charlaba cordialmente con el hombre de mediana edad sentado a su izquierda, el príncipe de un reino desaparecido hacía tiempo, si Pia no recordaba mal.

A ella la habían sentado lejos de Hawk, en un extremo de la mesa, como correspondía a una invitada menos distinguida, una empleada, en realidad, que es lo que era a los ojos de la duquesa. No pudo evitar fijarse en que Michelene, sin embargo, estaba sentada en diagonal frente a Hawk. Deseó haberle interrogado acerca de esa mujer, pero lo cierto era que temía la respuesta. No quería ver confirmadas sus sospechas de que habían sido algo más que amigos.

Pia se llevó la servilleta a los labios y bebió un sorbo de vino.

Cuando los camareros empezaron a retirar los platos, Hawk se levantó y se hizo el silencio en la sala. Pronunció unas breves palabras, agradeciendo su presencia a los invitados y divirtiéndolos con un par de anécdotas sobre su hermana y su futuro cuñado. Luego hizo un brindis por la feliz pareja que fue secundado por todos los allí presentes.

Cuando tomó asiento, la duquesa se levantó y esbozó una sonrisa indulgente.

–Me siento muy feliz por Lucy y Derek –se aclaró la garganta–. Como muchos de vosotros sabéis, Lucy no ha seguido siempre mis consejos en lo que a hombres se refiere, pero en este caso cuenta con mi aprobación sin reservas –alzó su copa–. Te felicito, Lucy. Derek, es un placer para mí darte la bienvenida a esta familia.

–¡¡Bravo!! –corearon algunos de los invitados.

La duquesa alzó aún más su copa.

–Espero tener la oportunidad de brindar por otra situación igual de dichosa en un futuro cercano –miró fugazmente a Hawk antes de dirigirse a su hija y su futuro yerno–. Por Lucy y Derek.

Mientras todos alzaban las copas para unirse al brindis y bebían champán, Pia vio que la duquesa posaba su mirada en Michelene. Ésta, a su vez, miraba a Hawk, que había adoptado una expresión inescrutable.

Pia sintió un vuelco en el estómago.

Depositó su copa en la mesa sin probar el champán. De pronto se sintió enferma, y cedió a la urgente necesidad de salir de allí y tomar el aire. Murmuró una excusa en dirección a su compañero de mesa y se levantó. Salió de la sala con el mayor decoro posible tratando de no llamar la atención de nadie.

Una vez en el pasillo subió las escaleras con premura. Tenía ganas de echarse a llorar. Qué ingenua había sido. Se había prometido a sí misma que nunca volvería a serlo. Y, a pesar de todo, había malinterpretado totalmente la situación. No es que Michelene y Hawk hubieran tenido una relación en el pasado, es que iban a casarse. Y ella había quedado humillada delante de decenas de personas.

Tras llegar al último escalón, giró a la izquierda en dirección a su dormitorio.

–Espera, Pia.

La voz de Hawk sonó a sus espaldas, más autoritaria que suplicante. Daba la sensación de que subía los escalones de dos en dos. Pia apretó el paso, con la esperanza de llegar al santuario de su habitación y echar el pestillo antes de que pudiera alcanzarla. No quería que él la viera llorar.

Oyó los pasos apresurados de Hawk tras ella. El largo vestido le impedía moverse con la misma rapidez. Unos instantes después, fue demasiado tarde. Hawk la alcanzó y, tomándola del brazo, la obligó a girarse.

–Q-qué pasa –preguntó con la garganta agarrotada–. Que no es medianoche y Ce-cenicienta no puede desaparecer todavía, ¿no es así?

–¿Has dejado un zapato de cristal? –preguntó él siguiéndole el juego.

Ella soltó una risa amarga.

–No. Y tú no eres el príncipe azul.

Los labios de Hawk se juntaron en una apretada línea.

–Vayamos a otro sitio a hablar de esto.

Por lo menos no pretendía ignorar las razones de su enfado. Pero aun así.

–¡No pienso ir contigo a ningún sitio!

–Déjame que te explique…

–M-maldito seas, Hawk –exclamó con voz temblorosa–. Y pensar que empezaba a volver a fiarme de ti.

Y ahora descubro que todo este tiempo has tenido una prometida bajo la manga.

Él la miró fijamente.

–Eso es lo que a mi madre le gustaría.

–¿Y acaso desconocías las esperanzas de tu madre? Porque para mí están bastante claras.

Pia recordó la expresión inquieta que había adoptado Lucy en el salón verde el día anterior. ¿Se había dado cuenta de que la inesperada aparición de Michelene iba a traerle problemas a su hermano?

–Michelene y tú parecíais conoceros bastante bien ayer.

–Estás malinterpretando la situación, no sé si deliberadamente –replicó él en tono entrecortado–. Que yo recuerde, no me moví de la chimenea cuando ella apareció.

–Sabes perfectamente lo que quiero decir –contraatacó Pia, que tuvo el repentino e infantil deseo de patalear en el suelo–. ¿Y por qué he de creerme nada de lo que me digas? Para empezar, nunca mencionaste la existencia de Michelene.

–Salí con ella brevemente después de la muerte de mi hermano. Era considerada una candidata ideal para convertirse en futura duquesa. Yo asumí el papel de mi hermano y Michelene formaba parte del paquete.

Y Pia no lo era. Le pareció haber oído las palabras a pesar de que no habían sido pronunciadas.

–Tu madre actúa como si el anuncio del compromiso fuera inminente. Si Lucy no me hubiera invitado a la fiesta, ¿es así como me habría enterado de la existencia de Michelene? ¿Por un anuncio en el periódico?

Hawk, comprometido con otra mujer. Se sentía dolida y traicionada. Sabía que tenía que prepararse para la ruptura, pero no había previsto aquello.

–No estoy comprometido, eso te lo puedo asegurar –intervino él, con cara de frustración–. No la he pedido en matrimonio ni le he comprado un anillo.

–Pues ya puedes ir dándote prisa –replicó ella–. Michelene te está esperando.

Pia miró en dirección al pasillo de la planta baja. Alguien podía aparecer en cualquier momento y presenciar la discusión. Y él tenía que regresar a la fiesta. Pronto advertirían su ausencia.

–Pia, eres…

–Eso es, soy la mujer más desgraciada del mundo en lo que a hombres se refiere.

–Si me dieras una oportunidad de…

–Ése es el problema. Que ya te la he dado –se dio la vuelta y echó a andar por el pasillo–. No me puedo creer que me haya dejado engañar otra vez. ¿Cómo he podido ser tan tonta?

Hawk la alcanzó y volvió a tomarla por el brazo. Su rostro era firme e implacable, y Pia vislumbró otra faceta de él, la del hombre que había amasado una fortuna en el espacio de unos pocos años.

–No te he engañado –dijo en tono de crispación.

Un momento después, sus labios se unieron a los de Pia en un apasionado beso. Ella percibió el sabor del champán y la esencia masculina que él despedía. Sintió que la cabeza le daba vueltas y tuvo que hacer un gran esfuerzo para apartarse de él.

–¿Que no me has engañado? –preguntó, repitiendo sus palabras–. Tal vez tengas razón. Supongo que fui yo la que se engañó a sí misma. Todo lo que hiciste tú fue permitirlo.

Hawk la miró con ojos brillantes.

–Sabes por qué me acerqué a ti…

Sí, para reparar el daño que le había hecho en el pasado.

–Pia…

–Es d-demasiado tarde, Hawk. Ya está todo claro, y tú y yo hemos terminado. Nuestra historia tenía que acabar algún día, ¿por qué no ahora? La diferencia es que, esta vez, la que se va soy yo.

Antes de que Hawk pudiera responder, alguien lo llamó por su nombre. Pia y Hawk se giraron al mismo tiempo. Michelene estaba en lo alto de la escalera.

Pia se dio la vuelta y echó a correr por el pasillo en la otra dirección, dejando a Hawk plantado donde estaba. Cuando llegó a su dormitorio, cerró la puerta y echó el pestillo. Luego se apoyó en la pared de la habitación en penumbra, agradecida de haber llegado a su refugio.

Hawk había empezado todo aquello con la intención de reparar sus faltas. Su motivación no había sido jamás jurarle amor eterno, se recordó a sí misma.

Se mordió el labio tembloroso mientras las lágrimas afloraban a sus ojos.

La cuestión ahora era cómo iba ella a recomponer los pedazos de su corazón una vez acabara todo aquello y pudiera marcharse de allí.

Capítulo Doce

Pia consiguió escapar antes de lo que había imaginado. Tras serenarse y secarse las lágrimas, hizo apresuradamente el equipaje y le pidió a uno de los chóferes de Hawk que la llevara a Oxford, donde encontraría un hotel en el que pasar la noche antes de comprar un vuelo de vuelta a Nueva York.

Una vez instalada, recordó que los condes de Melton estaban en Gantswood Hall, su casa en el condado vecino de Gloucestershire. Así que, a la mañana siguiente y tras una breve conversación telefónica con Tamara, Pia alquiló un coche y se presentó allí.

Tamara la recibió en la puerta principal con un abrazo. Antes de su partida, Pia le había comentado a Tamara que iría a la fiesta de compromiso de Lucy Carsdale, por lo que su amiga sabía que estaba en el país. Pero Pia no le había contado la razón de su repentina aparición en Gantswood Hall. Pero si a Tamara le había sorprendido su improvisada visita, no daba muestras de ello.

Pia no había dormido bien la noche anterior y el maquillaje no había conseguido disimular su palidez ni sus ojeras.

—¿Qué ha pasado? No me has dicho nada por teléfono, pero a juzgar por la cara que traes, ha ocurrido algo.

—A-anoche estuve en la fiesta de compromiso de Lucy Carsdale —dijo sin más preámbulo.

Tamara abrió mucho los ojos.

–¿Y algo salió mal? ¡Ay, Pia!

A Pia se le llenaron los ojos de lágrimas. Su amiga la envolvió en un abrazo.

–No pasa nada –la reconfortó dándole golpecitos en la espalda–. Seguro que no fue tan terrible como crees.

Pia dio un hipido al tiempo que se enderezaba.

–No, es peor.

Pia comprendió que Tamara creía que su disgusto tenía que ver con la fiesta en sí. No tenía ni idea de que estaba relacionado con Hawk.

Tamara le rodeó los hombros con el brazo.

–Ven conmigo al salón. Allí estaremos más cómodas y me lo contarás todo. Encargaré que nos traigan algo para picar.

Un sirviente apareció desde la parte posterior de la casa.

–Haines, ¿podrías encargarte de que lleven el equipaje de Pia del coche a la habitación verde y oro? Gracias.

–Por supuesto –respondió Haines haciendo una inclinación de cabeza.

Tamara guió a Pia por la casa palaciega, el hogar ancestral de la familia Sawyer, hasta que llegaron a un salón con puertas francesas a los jardines. A pesar de las obras maestras que adornaban las paredes, era una estancia cálida y acogedora.

Las dos amigas tomaron asiento en un sofá frente a la chimenea.

–Estoy segura de que sea lo que sea, lo olvidarás pronto –la reconfortó Tamara.

Pia se mordió el labio. Si ella supiera…

131

–No lo sé –dijo Pia–. He estado tres años tratando de olvidar a Hawk.

Tamara alzó las cejas.

–¿Quieres decir que tu angustia no se debe a que algo saliera mal en la fiesta de compromiso de Lucy?

–Algo salió mal. Descubrí que Hawk tiene una prometida secreta.

–Oh, Pia.

Le explicó por encima lo ocurrido en Silderly Park: desde la llegada inesperada de Michelene hasta lo ocurrido la noche anterior en la fiesta de Lucy.

Cuando terminó, miró a Tamara con ojos suplicantes.

–¿Cómo he podido ser tan estúpida? –preguntó con agonía–. ¿Cómo me he dejado volver a engatusar por él?

–Te has vuelto a dejar engatusar por Hawk… –Tamara parecía no entender las palabras de Pia.

Pia suspiró. Lo mejor era confesar toda la verdad.

No le había contado a Tamara y Belinda que había vuelto con Hawk, pues sabía que habrían tratado de disuadirla.

–Es peor –añadió Pia–. Me he acostado con él.

Tamara pareció sorprendida, pero no dijo nada.

–Cuando hicimos el amor por primera vez, él desapareció durante tres años –continuó Pia, temblorosa–. Y ahora, nos acostamos y descubro que está prácticamente comprometido con otra mujer.

–Ay, Pia –dijo Tamara–. No tenía ni idea, créeme. Me pregunto por qué Sawyer no me ha contado nada. Hawk y él son amigos. Algo debería de saber…

Pia se encogió de hombros.

–Tal vez Sawyer no pensó que fuera necesario advertirme. Al fin y al cabo, Hawk y yo tuvimos un pasado, pero no un presente. Y, ahora, tampoco tendremos futuro…

Tamara la acarició con ternura.

–Sé que duele. Necesitas tiempo.

Pia asintió antes de respirar hondo.

–He sido tan ingenua… Cuando llegó Michelene, pensé que tal vez ella y Hawk habían salido hacía tiempo. Pero no se me ocurrió que podían estar juntos ahora.

–Bueno, no te preocupes. Le diré a Sawyer que hable con Hawk. Sawyer debe de tener por ahí espadas antiguas para batirse en duelo –bromeó Tamara para descargar el ambiente.

–Gracias por tratar de animarme –dijo Pia intentando sonreír.

–Sé por lo que estás pasando, Pia, créeme. Hace pocos meses yo estaba en la misma situación.

–Pero a ti te ha salido todo bien. Sawyer te adora.

–En aquel momento no lo creí posible. Algún día volverás a ser feliz, te lo prometo.

Pia suspiró.

–No de momento. Me he comprometido a organizar la boda de Lucy. No puedo dejarlo en el último momento. Sería un golpe fatal para mi empresa.

Tamara compuso una mueca.

–Me encantaría hablar con Sawyer en este mismo momento, pero ayer volvió a Nueva York y sé que ahora mismo está en una reunión de trabajo.

–No te preocupes. No cambiaría nada.

–¿Cómo se apellida Michelene? –preguntó Tamara de pronto.

–Ward-Fombley.

–Me suena, pero no le pongo la cara.

–Es distinguida y atractiva.

–Tú también.

–Eres una buena amiga.

–Estoy segura de que he oído ese nombre antes. En relación con un evento social, aquí en Inglaterra.

–No me sorprendería –reconoció Pia, aunque le doliera–. Pertenece al círculo social de Hawk. De hecho, creo que era una firme candidata a casarse con el hermano mayor de Hawk antes de que William muriera.

–Ay, Pia, ¿estás segura de que Hawk no está con ella por obligación?

–Aunque ése fuera el caso, no cambia las cosas.

Hawk había asumido responsabilidades en los últimos años, y ahora ella pagaba las consecuencias. Recordó la cara de la duquesa la noche anterior. Estaba claro que la vida de Hawk estaba planeada de antemano, y que no la incluía a ella.

–Tengo que reservar un vuelo –anunció Pia–. Con un poco de suerte, podré salir mañana hacia Nueva York.

Su amiga pareció disgustada.

–Pia, por favor, quédate más tiempo. Estás muy disgustada.

Pia agradeció la invitación, pero negó con la cabeza.

–Gracias por todo, Tamara –fingió una sonrisa valiente–. Pero tengo cosas que hacer en Nueva York.

En ese momento, tenía que poner la mayor distancia posible entre Hawk y ella. Además, le preocupaba la posibilidad de que Sawyer regresara a casa e informara a Hawk de su paradero. A Pia le caía bien el marido de Tamara, pero al fin y al cabo, era amigo de Hawk.

Una vez de vuelta en Nueva York, pensaría en

cómo evitar a Hawk hasta que se celebrara la boda de Lucy. Porque tenía clara una cosa: su relación de pareja había terminado.

Hawk reflexionaba sobre el caos que había provocado durante una inusual pausa laboral en su despacho de Nueva York. Pia había huido de él y, sin duda, no lo tenía en mucha estima en aquel momento.

La señora Hollings, valiéndose de su bola de cristal y sus contactos al otro lado del Atlántico, había publicado lo ocurrido en su columna:

¿Qué duque rapaz libertino ha vuelto a las andadas de dandi calenturiento antes de conducir al altar a una dama casadera?

Su sólida reputación en el mundo de las finanzas, que tanto trabajo le había costado labrarse, estaba a punto de desmoronarse. Había sido protagonista de las veladas insinuaciones de la columna rosa de la señora Hollings en tres ocasiones durante los últimos meses.

No le costaría mucho trabajo localizar a Pia. Sabía dónde vivía, y seguía colaborando en la boda de Lucy, o al menos eso creía.

Lucy se mostraba reacia a hablar sobre Pia. Su hermana parecía haberse dado cuenta de lo ocurrido en Silderly Park y estaba claro que desaprobaba la conducta de su hermano aunque no lo expresara verbalmente.

Debería haberle explicado a Pia lo de Michelene. Hasta que Pia reapareció en su vida durante la boda de Belinda el pasado mes de junio, él y todo el mun-

135

do habían esperado que contrajera matrimonio con una mujer adecuada, poniendo fin definitivamente a su vida de calavera.

Pero ¿cómo de seria había sido su relación con Michelene si apenas había pensado en ella desde que estaba con Pia?, se preguntó. Nunca se había planteado en serio la posibilidad de pedirle que se casara con él.

El teléfono sonó y Hawk descolgó el auricular.

–¿Sí, dígame?

–Sawyer Langsford ha venido a verle.

–Dígale que pase.

Nada más colgar, se puso en pie. Sawyer entraba en ese momento por la puerta. Hawk se alegró de ver a su amigo, aunque sospechaba la razón de su visita.

–Si has venido a echarme la bronca –dijo sin más preámbulo–, te aseguro que ya me la estoy echando yo mismo.

Sawyer sonrió con ironía.

–Tamara sugirió que nos batiéramos en duelo al amanecer.

–No creo que a mi madre le hiciera mucha gracia que el título pasara a manos de un primo lejano por no tener un heredero varón.

Sawyer sonrió y Hawk señaló una de las sillas invitándole a tomar asiento.

–Tengo entendido que te estás currando eso de engendrar un heredero.

Hawk no sabía si Sawyer se estaba refiriendo a su aventura con Pia o a los rumores sobre el presunto compromiso con Michelene. En cualquier caso, poco importaba.

–Hasta tu querida señora Hollings está al tanto de la historia.

Sawyer se encogió de hombros.

—¿Qué quieres que haga? No puedo controlar lo que escribe.

—Ya me he dado cuenta.

—Perdona que te lo diga, pero lo que anda contando la señora Hollings te lo has buscado tú mismo.

—Y lo lamento sobremanera.

Sawyer sonrió.

—En cualquier caso, mi pretexto para venir aquí es pedirte disculpas en persona por el hecho de que tu nombre haya aparecido en la sección equivocada de uno de mis periódicos.

Hawk inclinó la cabeza fingiendo una aire de solemnidad.

—Gracias. Eso es mejor que un duelo al amanecer.

—Bastante mejor —convino Sawyer arqueando una ceja—. Ya te advertí lo de Pia.

—Sí, lo recuerdo —replicó su amigo—. Y yo me tomé tu consejo a la ligera. Desde luego, soy un sinvergüenza de primera.

Llevaba varios días cuestionándose sus intenciones.

Sawyer inclinó la cabeza.

—Siempre puedes reformarte.

—Creía que ya lo había hecho.

—Pues vuelve a hacerlo. Tú eres el único que puede arreglar la situación.

Hawk frunció los labios.

—¿Cómo? He estado pensándolo mucho y todavía no se me ha ocurrido una solución.

—Lo harás —replicó Sawyer—. Hace tan sólo unos meses yo estuve en la misma situación, con Tamara. La diferencia es que, al contrario que en el caso de Easterbridge y mío, a ti te cayó el título inesperadamente. Tuviste menos tiempo para acostumbrarte a él. Y sí, es una responsabilidad, pero no permitas que se convierta en una carga agobiante. Piensa en qué te hace feliz y no en qué es lo apropiado.

Hawk asintió, sorprendido por la opinión de su amigo.

–Además, a las mujeres les encantan los grandes gestos –Sawyer consultó su reloj–. Y ahora, si estás libre, vayamos a almorzar.

Hawk sacudió la cabeza, divertido e incrédulo al mismo tiempo, mientras ambos se ponían en pie. Ya había llevado a cabo un gran gesto que no le había conducido a nada.

Y, sin embargo, sospechaba que Sawyer podía tener razón.

Capítulo Trece

Pia había decidido tratar de pasar desapercibida.

No sabía dónde y cómo conseguía información la señora Hollings, pero la columnista parecía tener fuentes en los lugares más insospechados.

Mientras avanzaba por Broadway comprobó que hacía un día soleado para el mes de diciembre. No como su estado de ánimo, que estaba por los suelos.

Había sugerido a Lucy que se encontraran en su camerino antes de la función de aquella noche. No quería correr el riesgo de encontrarse con Hawk en su casa. Todavía no se sentía preparada para enfrentarse a él, y quizá nunca lo estaría. Pero al mismo tiempo lo echaba de menos terriblemente.

Daba la sensación de que él la estaba esquivando. Podía localizarla, pues sabía dónde vivía. Y a Pia le disgustaba que no hubiera tratado de encontrarla.

Lanzó un suspiro. Debería haber endurecido su corazón desde su último enfrentamiento con Hawk. Pero no había aprendido a proteger sus sentimientos, tan fáciles de herir.

Al llegar al Drury Theater, pidió que le indicaran dónde estaba el camerino de Lucy. Golpeó la puerta entreabierta con los nudillos y la hermana de Hawk se giró en su silla para recibirla.

–¡Pia! –Lucy se puso en pie y se acercó a ella para abrazarla–. Has llegado justo a tiempo.

139

A pesar de su ruptura con Hawk, Pia seguía apreciando a Lucy. Tenía la sensación de que se habían hecho amigas, algo que no solía ocurrirle con sus clientas.

–Todavía no hay casi nadie; falta mucho para que comience la función. ¿Quieres algo de beber? ¿Té, café, chocolate?

–Nada, gracias –declinó ella–. De momento no me apetece nada.

Se quitó el abrigo y el sombrero y Lucy los colgó en una percha. Ambas tomaron asiento.

–Eres una de las novias más tranquilas que he visto nunca.

Lucy soltó una carcajada.

–Creo que estaría más nerviosa si no estuviera liada con el trabajo. Además, estoy acostumbrada a actuar delante de la gente, y una boda es, al fin y al cabo, una representación.

–Supongo que tienes razón.

Lucy la miró, pensativa.

–Quería darte las gracias por asistir a mi fiesta de compromiso en Silderly Park. Te fuiste tan pronto que no tuve tiempo de decirte nada.

–Sí, bueno… –a Pia le costó mirar a Lucy a los ojos–. Fue un placer para mí.

–Espero que tu repentina marcha no tuviera que ver con Hawk y Michelene…

El comentario la dejó perpleja. Durante unos instantes, pensó que no había oído bien.

–¿Qué te hace pensar eso? –preguntó con los ojos muy abiertos.

Lucy sonrió, comprensiva.

–Cuando se trata de tu hermano y estás a punto de casarte, notas ciertas cosas.

–No te preocupes –dijo Pia–. Estoy lista para aceptar los planes de b-boda de Hawk y Michelene.

–Pia…

Trató de mantener la compostura. Sería humillante venirse abajo delante de la hermana de Hawk y que luego ésta se lo contara.

–Por si te sirve de algo, te diré que Hawk te aprecia muchísimo.

Si la apreciara, pensó Pia, le habría hablado de Michelene desde un principio. Si la apreciara, la habría llamado o habría intentado ponerse en contacto con ella. Si la apreciara, no sería tan encantador y tan irresistible.

Lucy suspiró.

–Creo que la llegada de Michelene sorprendió a Hawk tanto como a ti.

–Seguro que sí –replicó Pia frunciendo los labios–. Me imagino que le resultó muy incómodo tener a su amante y a su futura mujer bajo el mismo techo.

Cerró la boca, temerosa de haber hablado demasiado.

–Hawk tiene una habilidad extraordinaria para enredar las cosas –comentó Lucy–. Pero nunca lo he visto tan feliz como cuando está contigo. Por favor, créeme.

Una parte de ella deseaba creer las palabras de Lucy.

–No sabes lo bien que me habló de ti cuando sugirió que utilizara tus servicios para la boda –continuó–. Vi en su cara que no eras una simple conocida. Me di cuenta de que había algo que no me estaba contando.

Pia se ruborizó.

–Él me d-dijo que quería enmendar los errores del pasado…

–Y eso también le salió mal –Lucy terminó la frase por ella.

Pia asintió.

–No mencionó a Michelene. Pero yo debería de haber sabido que habría alguien como ella esperando entre bastidores. De él se espera que se case con alguien de su clase.

–Desgraciadamente Hawk es duque, eso está claro. Sin embargo, no sé cuáles son sus sentimientos, y puede que él tampoco. Seguramente nunca se ha permitido el lujo de analizarlos. A veces pienso que desde que murieron mi padre y mi hermano funciona con piloto automático. Es un hombre dedicado a una misión, la de consolidar la situación familiar.

Pia esbozó una sonrisa reticente.

–Se te da bien defenderlo.

–No soy imparcial, por supuesto, pues es mi hermano. Pero tengo que devolverle el favor. Al fin y al cabo fue él el que me puso en contacto con una organizadora de bodas maravillosa. Estoy tratando de convencerte de que perdones sus errores, aun por segunda vez.

Pia se mordió el labio. Lucy le dirigió una mirada comprensiva.

–Lo único que digo es que le des otra oportunidad.

Pia quería desesperadamente aferrarse a ese hilo de esperanza que Lucy le ofrecía. Por otro lado, ésta no había dicho que Hawk fuera a prometerle matrimonio ni amor eterno.

Ella lo amaba. ¿Pero podía seguir siendo su amante sabiendo que su relación no llegaría nunca a ningún sitio? ¿Renunciaría al final de cuento de hadas con el que siempre había soñado?

***

–Me estoy planteando seguir saliendo con Hawk hasta q-que esté comprometido con Michelene –anunció Pia.

El comentario pareció sacudir los cimientos de Contadini, el restaurante donde Pia solía tomar el aperitivo los domingos con Tamara y Belinda.

–¿Cómo dices? –preguntaron las dos al unísono.

–Ay, Pia –suspiró Tamara.

–¿Te has vuelto loca? –añadió Belinda.

–Sé que es difícil de entender. Pero lo cierto es que estar con él me hace feliz.

Belinda puso los ojos en blanco. Tamara frunció el ceño con preocupación y escudriñó el rostro de Pia.

–¿Te has parado a pensar lo que eso significaría?

Belinda sacudió la cabeza, con expresión incrédula.

–¿Te lo has pensado bien, Pia? Porque es duque, y tiene la obligación de engendrar un heredero legal lo antes posible. No vas a poder estar con él mucho tiempo. Y, además, te ha engañado dos veces.

Pia se había atormentado varias veces con ese razonamiento. Pero tenía esperanzas de que Hawk tardara un tiempo en comprometerse oficialmente.

–¿De verdad estás dispuesta a quedarte con él ahora para luego dejarlo marchar?

–Yo no nací en una familia de aristócratas adinerados. No sabría cómo…

–¡Pia, eso es una tontería! Mírame a mí, por ejemplo. Nunca he tenido madera de condesa.

Pia sonrió, dubitativa. Era cierto que, hasta unos

143

meses antes, Tamara había sido una bohemia diseñadora de joyas en Nueva York. Pero también era hija de un vizconde británico. Y se había adaptado muy bien, en el espacio de pocos meses, al estilo de mujer que se esperaba de la esposa del conde de Melton. Pia no estaba segura de si ella se desenvolvería igual de bien en el caso de que le dieran la oportunidad.

Tamara le tocó la mano.

—No quiero volver a oírte decir que no estás capacitada para convertirte en duquesa. De hecho, lo estás más que yo para ser condesa. Sabes cómo organizar fiestas estupendas y te conduces de manera impecable.

Pia tragó saliva con dificultad.

—Y se te dan estupendamente dos de los pasatiempos más importantes para un aristócrata: la pesca y la hípica —continuó Tamara—. A mí pescar me aburre soberanamente y sólo monto a caballo de vez en cuando.

Belinda la miró con complicidad.

—Mi consejo es que no te conviertas en el juguete de Hawk. Te conozco, Pia, y eso no va contigo.

Pia bajó la mirada y jugueteó con su servilleta. Una parte de ella, la racional, sabía que Belinda tenía razón. La otra parte, sin embargo, no quería pensar en el mañana y sus consecuencias. Simplemente deseaba a Hawk.

Cuando volvió a alzar la mirada, vio que sus amigas la miraban con expresión expectante y afligida.

—Mr. Darcy me espera en casa.

Belinda lo consideró un comentario tranquilizador.

—Así me gusta, que sepas quiénes son los buenos.

Ojalá, pensó Pia, pues su obstinado corazón se empeñaba en creer que el duque, aun siendo un malvado, era su príncipe azul.

Capítulo Catorce

Hawk alzó la vista de la mesa de su despacho y se puso en pie automáticamente.

–Qué sorpresa verte a este lado del Atlántico, madre.

Parecía que esos días todo el mundo quería visitarlo en su oficina. Todo el mundo, excepto Pia.

La duquesa viuda lo miró sin parpadear.

–Pensé que podríamos almorzar juntos.

Hawk frunció los labios. Su madre se había presentado sin avisar, y eso era una clara señal de que algo le preocupaba.

–¿Qué es eso que oído sobre ti y Pia Lumley, la organizadora de la boda de Lucy? –preguntó, yendo directa al grano–. Una horrible mujer anda escribiendo unas cosas que…

–La señora Hollings.

Su madre se detuvo abruptamente.

–¿Perdón?

–La crónica rosa de Jane Hollings. Es una columna que aparece en el *New York Intelligencer,* uno de los periódicos del conde de Melton.

–Pues no sé por qué Melton lo permite. ¿Acaso no es amigo tuyo?

–Sawyer cree en la libertad de la prensa –respondió Hawk secamente.

–Paparruchas. Esa horrible mujer está minando tu reputación. Tienes que hacer algo.

–¿Y qué sugieres que haga, madre?

La duquesa alzó las cejas y adoptó una actitud de superioridad.

–Obviamente, hay que dejar claro que no tienes interés alguno en la señorita Lumley.

–¿Es que no lo tengo?

–Por supuesto que no. Esa Hollings insinúa que estás liado con, digamos, una empleada del hogar. El duque de Hawkshire no pierde el tiempo con mujeres que están a su servicio…

–Siéntate, madre –dijo Hawk ofreciéndole una silla–. ¿Quieres algo de beber?

–Estás siendo muy obstinado, James. No tienes más que negarlo.

–El caso es que no puedo.

Su madre se quedó inmóvil.

–Dios mío. Tienes que poner fin a esa relación inmediatamente. Mi abuelo fue un calavera y causó muchos problemas.

–¿Te refieres a que tuvo hijos ilegítimos?

La duquesa se puso muy derecha.

–En esta familia no se habla de eso. Pero no me gustaría que el pasado se repitiera.

Él enarcó una ceja.

–Entonces será mejor que dejes de presionarme con el tema de Michelene. Quizá las travesuras del viejo duque se debieron a un matrimonio de conveniencia que no le hacía feliz.

–No tenía ni idea de que te estaba presionando, James –se enfurruñó la duquesa.

–Madre –dijo él con forzada amabilidad–, puede que Michelene estuviera unida a William, pero él ya no está.

Había reflexionado mucho desde su regreso de

Silderly Park, y especialmente, desde su conversación con Sawyer. Se había dado cuenta de que tenía que terminar de una vez por todas con las expectativas respecto a Michelene. Por muy adecuada que fuera, no la amaba. Y nunca la amaría.

Su madre se le quedó mirando en silencio unos instantes. Y de pronto, para sorpresa de Hawk, sus ojos se humedecieron.

—William pensaba casarse con Michelene porque era una elección adecuada. Hacía lo que se esperaba de él. Era consciente de sus responsabilidades.

—Exacto, y a veces me pregunto si William estaba realmente enamorado de ella. Yo creo que le gustaba tanto volar y navegar porque estas actividades le hacían sentirse libre. Además, William se estuvo preparando para ser duque desde pequeño, y yo no.

Su madre pareció dolida, pero recobró la compostura.

—Muy bien, ¿pero qué sabemos de esta mujer, Pia Lumley? ¿De dónde es? Seguramente desconoce nuestras costumbres ni sabe lo que se espera de la duquesa de Hawkshire.

Pia estaba más que preparada para su rol de duquesa en el aspecto más importante de todos: sabía cómo hacerle feliz.

—Es de Pensilvania —apuntó él—. Sabe desenvolverse porque organiza bodas para la alta sociedad de Nueva York. Sabe montar a caballo y pescar. Es simpática e inteligente y carece absolutamente de astucia y afectación. Es un soplo de aire fresco.

—Bien —replicó su madre finalmente—, si de verdad tiene todas esas cualidades de las que hablas, ¿por qué quiere estar contigo?

Hawk soltó una carcajada, cargada de autocrítica.

–Eso mismo me pregunto yo.

Estaba enamorado de Pia y era indigno de su amor. Al defender denodadamente a Pia ante su madre había hecho un descubrimiento importante: la amaba.

De pronto, todo le pareció cristalinamente claro.

–James.

–¿Sí?

–Pareces perdido en tus pensamientos.

–O perdido, simplemente.

Su madre se puso en pie.

–Bueno, claramente he malinterpretado la situación.

–No te preocupes, madre. Todo tiene solución.

Al menos, eso esperaba.

Hawk sabía que tenía que aclarar unas cuantas cosas con Michelene.

Y tenía que encontrar a Pia. Si no era demasiado tarde, esta vez sería la definitiva…

Pia tenía razones para creer que el día de la boda de Lucy sería el peor de su vida, o casi.

Sin duda, aquel día Hawk y Michelene aparecerían como pareja y puede que hasta anunciaran su compromiso.

Pero a medida que iban transcurriendo las horas se hizo patente que Michelene no aparecería: Hawk había asistido solo al enlace de su hermana.

A pesar de ello, Pia no quiso sacar conclusiones y se mantuvo ocupada con el trabajo.

Se alegró de que Hawk no se acercara a ella pues no estaba segura de cómo reaccionaría en caso de que lo hiciera.

Durante la recepción, se entretuvo hablando con varios invitados e intercambiando cumplidos con unos y con otros.

No pudo evitar preguntarse si él la habría relegado a la categoría de empleada. La idea la entristeció. A pesar de ello, lo miró en varias ocasiones, absorbiendo ávidamente su imagen para poder disponer de ella en su imaginación cuando dejara de verlo.

Al final de la noche Pia, exhausta, deseaba que la velada terminara pronto, pero tenía que mantener las apariencias ante Hawk y el resto de los invitados.

Acababa de salir del salón cuando oyó que alguien la llamaba.

—Pia.

Se giró, sabiendo de antemano quién era.

Hawk.

Él avanzó hacia ella, impecable en su traje azul marino. Pia miró el reloj; eran casi las doce de la noche del último día del año.

Era una pena que Cenicienta no pudiera desaparecer todavía. No tenía carruaje, ni siquiera coche. Y la fiesta estaba programada hasta la una. No se sentía con fuerzas de hablar con Hawk en ese momento.

—Y-yo estaba a punto de…

—¿De marcharte?

—Iba a retocar mi maquillaje —respondió sin mucho entusiasmo.

¿Dónde estaba el servicio de señoras? Era el único lugar al que Hawk no la seguiría.

—¿Para qué? Estás perfecta.

Ella suspiró.

—Es lo que hacen las chicas, Hawk. Se asean, se empolvan la nariz, se retocan los labios…

–¿Por qué? ¿Esperas que alguien te bese?

Se le quedó mirando en silencio. ¿Cómo podía ser tan cruel? No quería que nadie viera que no tenía a nadie a quien besar, ni siquiera a una rana.

–Pensé que en Nochevieja la gente tenía la costumbre de ponerse coronas y soplar matasuegras. ¿Para qué arreglarte el pelo si vas a acabar despeinándote? –Pia se dio cuenta de que Hawk sostenía una bolsa entre las manos–. Te he traído unas cosillas.

–Has pensado en mí, qué considerado –dijo Pia preguntándose por qué estarían manteniendo aquella conversación tan anodina. Deseó tener una fuente de aperitivos a mano.

Hawk metió la mano en la bolsa y sacó una suntuosa corona. Pia tardó unos instantes en darse cuenta de que no era una de esas tiaras de plástico que todo el mundo llevaba el día de Nochevieja. Aquélla era de diamantes.

Hawk la sonrió con ternura mientras se la colocaba en lo alto de la cabeza. Era la primera vez que Pia llevaba una tiara de verdad, aunque lo había hecho en sueños muchas veces.

–Ahí está –murmuró mirándola a los ojos–. Tengo alfileres para sujetarla, aunque no tengo ni idea de cómo se hace.

Pia tragó saliva con dificultad.

–No sabía de qué color ibas a ir. Así que me decidí por una apuesta segura: la tiara de diamantes de los Carsdale.

Ella hizo esfuerzos por respirar. Su cerebro se negaba a funcionar.

–B-buena elección.

En el salón donde se celebraba la fiesta, ajenos a

la pareja, los invitados bailaban alegres, esperando a que sonaran las doce campanadas que anunciaban el nuevo año.

—Es la tiara que tradicionalmente han llevado las novias Carsdale —dijo Hawk con voz cargada de intención—. Mi madre la llevó el día de su boda.

Pia sintió que el corazón le latía furiosamente. No podía soportar la idea de que Hawk estuviera jugando con ella, de que aquello fuera una artimaña para volver a meterse en su cama.

Pia se mordió el labio.

—¿Por qué me la has dado a mí?

—¿Tú que crees? —preguntó con voz grave, mirándola a los ojos—. Entramos en un año nuevo en el que podremos comenzar de nuevo… espero.

—No necesito una tiara para recibir el año nuevo.

Hawk le pasó el pulgar por los labios.

—La cuestión es —replicó con ternura— si necesitas a un duque enamorado. Viene con una casa enorme que necesita a alguien que presida grandes y aburridas fiestas.

Pia abrió los ojos como platos y Hawk se aclaró la garganta.

—Una vez te enamoraste de James Fielding, un hombre normal y corriente. Fue el mejor regalo que nadie me ha hecho jamás.

La conmoción dio paso a la esperanza cuando Hawk se arrodilló frente a ella y sacó un anillo del bolsillo.

Pia miró a Hawk y empezó a temblar de emoción. Hawk sonrió.

—Esto va a juego con la tiara.

Pia apenas podía respirar.

—Pia Lumley, te amo con todo mi corazón. ¿Me harás el honor de convertirte en mi esposa?

La primera proposición de su vida. Había soñado con ella. Y sin embargo…

–¿Y qué hay de Michelene? –tuvo que preguntar.

–Un hombre no suele esperar que respondan a su propuesta de matrimonio con otra pregunta.

–Normalmente la chica no espera que el hombre se declare a otra mujer.

–*Touché*. Pero no hay otra mujer –respondió–. Michelene decidió no venir a la boda cuando se dio cuenta de que nunca sería la novia de un Carsdale.

–Oh, Hawk –sollozó Pia–. Y-yo te amo y quiero casarme contigo, p-pero…

–No hay peros que valgan.

Hawk deslizó el anillo en su dedo y a continuación la besó apasionadamente para tranquilizarla.

–Es que yo no he nacido para ser duquesa.

–No estoy de acuerdo –dijo él con ternura–. ¿Adónde pertenece la heroína de un cuento de hadas, sino a un palacio?

–Oh, Hawk –volvió a decir ella–. Cuando descubrí lo de Michelene, consideré la posibilidad de seguir contigo hasta que estuvieras comprometido oficialmente. Pero luego me di cuenta de que no podía hacerlo: te amaba demasiado, te quería sólo para mí.

Los ojos de Hawk refulgieron.

–Me tienes entero. En cuerpo y alma.

–A tu madre no le agradará.

–Mi madre quiere que sea feliz. Mi padre y ella fueron felices en su matrimonio, no como algunos de sus antepasados.

–No seré una duquesa convencional.

–Te comportas como tal, a pesar de no tener sangre azul.

–Pero tú habías asumido tus responsabilidades como duque.

–Entonces ya es hora de que me rebele, como ha hecho Lucy.

–De momento has echado por tierra todas las razones que se me ocurren para que no nos casemos.

–Eso es porque no existen tales razones –Hawk le tocó la mejilla–. Pia, ¿me amas?

–Te amo.

–Y yo te quiero desesperadamente. Eso es lo único que importa.

Sus labios se encontraron y sus cuerpos se fundieron en uno. Cuando finalmente se separaron Hawk alzó la mano de Pia.

–Este anillo es una de las joyas de la familia Carsdale. No quería pedirte en matrimonio con las manos vacías, pero siempre podemos elegir algo a tu gusto, si lo prefieres.

Pia sacudió la cabeza.

–No, éste es perfecto.

Hawk volvió a inclinarse hacia ella. Pia abrió la boca para recibir sus labios, deseosa de sentir la pasión que siempre los consumía.

–No podemos besarnos aquí –dijo ella finalmente–. Vamos a escandalizar a todo el mundo.

–Eso espero –susurró él, travieso.

Era un duque muy pícaro.

Epílogo

–Estás preciosa. Me muero por que llegue la noche de bodas.

Pia se giró frente al espejo. Su corazón dio un vuelco al ver a Hawk en el umbral del vestidor. Llevaba un chaqué que revelaba a la perfección su físico viril. Ella también tenía ganas de que llegara la noche de bodas.

–No deberías estar aquí –dijo ella contradiciendo sus deseos–. Da mala suerte ver a la novia.

Había elegido un vestido de encaje con una larga cola. Parecía de cuento de hadas, con su escote recto y las mangas entalladas. Un traje de princesa, o de duquesa.

Hawk sonrió perezosamente.

–Puede que cambies de opinión cuando sepas qué te traigo.

Ella lo miró con expresión de sospecha.

–No tengo ni idea de qué puede ser –respondió, consciente del peso de la tiara que sujetaba su velo–. ¿No es costumbre ofrecer la alianza durante la ceremonia?

En una hora, Hawk y ella intercambiarían votos en la capilla de Silderly Park.

–Primero, un beso –dijo Hawk deteniéndose frente a ella.

Pia se meció en sus brazos mientras sentía la cálida presión de su boca.

–S-si esto es una indicación de lo que has venido a traerme, tengo que recordarte que no tenemos tiempo y que no llevamos ropa fácil de quitar.

Hawk rió y se inclinó hacia ella.

–Más tarde.

Pia sintió un escalofrío al percibir la promesa en su voz.

Después de la ceremonia habría un banquete para cientos de personas, de acuerdo con los deseos de la duquesa y con el título y posición de Hawk. Unas semanas más tarde, cuando regresaran de la luna de miel en el Mediterráneo, se celebraría una elegante recepción en Nueva York para aquéllos que no habían podido asistir a la boda.

–Después de esto –bromeó Hawk como si le leyera la mente–, no te faltarán novias y anfitrionas que busquen tus servicios de organizadora de eventos.

–Pensé que ya no quedaba ninguna, después de que te embarcaras en la misión de salvar Pia Lumley Wedding Productions –replicó ella, también de broma.

–Yo sólo me limité a pedir unos cuantos favores –explicó con modestia–. Volviendo a la razón de mi visita…

–¿Sí?

Él abrió el cajón de un tocador cercano.

–Los puse ahí antes –explicó sacando un estuche de terciopelo–. Quería añadir el toque final a tu vestido.

–Oh, Hawk, no –protestó ella–. Ya me has dado suficientes cosas.

–Eso es verdad –concedió Hawk con un brillo en la mirada–. Te he dado todo mi corazón.

Ella soltó una risita.

–En cualquier caso –continuó solemnemente al

tiempo que abría la cajita–, espero que hagas una ex-cepción para esta reliquia familiar.

Pia contuvo el aliento al ver los bellísimos pen-dientes de diamantes.

–Los hicieron para mi tatarabuela paterna, que los recibió el día de su boda. Su matrimonio duró sesen-ta y un años.

Pia sintió que la emoción le atenazaba la garganta.

–Hawk, qué maravilla, cuánto significado tienen.

Se quitó los sencillos pendientes que llevaba y se puso los que Hawk le acababa de regalar.

Hawk hizo una mueca con los labios.

–No me des las gracias todavía. Mi tatarabuela tuvo ocho hijos.

–¡Oh!

Hawk se inclinó hacia ella con una amplia sonrisa.

–No te preocupes –dijo en un susurro–. Me he com-prometido a criar a Mr. Darcy.

–¡Hawk!

La voz de Lucy sonó fuera, en el pasillo.

–Si te encuentra aquí, te mata.

Hawk le dio un beso fugaz.

–Nos vemos en el altar.

Pia sintió que su corazón estaba a punto de estallar.

–Y escribiré contigo el cuento de hadas.

Desde el primer día y para el resto de sus vidas.

Deseo™

La noche de su vida

BRENDA JACKSON

A Derringer Westmoreland le persi-
guió durante semanas la imagen de
una mujer cuyo rostro no podía recordar tras una aventura de una única y
fantástica noche. Pero deseaba volver
a vivir aquella intensa pasión. Y cuando finalmente descubrió la identidad
de la misteriosa mujer, se llevó toda
una sorpresa; era Lucia Conyers, la
mejor amiga de su cuñada. Lucia no
estaba por la labor de convertirse en
una más de las chicas de Derringer.
Por primera vez en su cómoda vida,
iba a tener que llevar a cabo un corte-
jo. Y si quería ganarse el corazón de
Lucia, más le valía estar dispuesto a
arriesgarse a perder el suyo.

Una noche para recordar

Acepte 2 de nuestras mejores novelas de amor GRATIS

¡Y reciba un regalo sorpresa!

Oferta especial de tiempo limitado

Rellene el cupón y envíelo a

Harlequin Reader Service®
3010 Walden Ave.
P.O. Box 1867
Buffalo, N.Y. 14240-1867

¡Sí! Por favor, envíenme 2 novelas de amor de Harlequin (1 Bianca® y 1 Deseo®) gratis, más el regalo sorpresa. Luego remítanme 4 novelas nuevas todos los meses, las cuales recibiré mucho antes de que aparezcan en librerías, y factúrenme al bajo precio de $3,24 cada una, más $0,25 por envío e impuesto de ventas, si corresponde*. Este es el precio total, y es un ahorro de casi el 20% sobre el precio de portada. !Una oferta excelente! Entiendo que el hecho de aceptar estos libros y el regalo no me obliga en forma alguna a la compra de libros adicionales. Y también que puedo devolver cualquier envío y cancelar en cualquier momento. Aún si decido no comprar ningún otro libro de Harlequin, los 2 libros gratis y el regalo sorpresa son míos para siempre.

416 LBN DU7N

Nombre y apellido	(Por favor, letra de molde)

Dirección	Apartamento No.

Ciudad	Estado	Zona postal

Esta oferta se limita a un pedido por hogar y no está disponible para los subscriptores actuales de Deseo® y Bianca®.
*Los términos y precios quedan sujetos a cambios sin aviso previo.
Impuestos de ventas aplican en N.Y.

SPN-03 ©2003 Harlequin Enterprises Limited

Bianca

¿Castigo o seducción?

Hace unos años, la acaudalada Grace Tyler humilló a Seth y estuvo a punto de destrozar a su familia. Ahora, el antiguo peón se ha convertido en multimillonario, y está dispuesto a saldar sus cuentas pendientes. Conseguirá hacerse con el negocio de Grace, con su cuerpo y con su orgullo.

Sólo que este despiadado empresario no se ha dado cuenta de que el deseo lo consume por completo, con la misma fuerza con la que consume a Grace.

Ha vuelto para demostrar la culpabilidad de Grace, pero ahora es Seth el que necesita que lo rediman. Porque Grace tiene menos experiencia de la que él pensaba... ¡y espera un hijo suyo!

Orgullo y placer

Elizabeth Power

Deseo™

Esperanzas ocultas

HEIDI RICE

La vida de Mac Brody en Hollywood no tenía nada que ver con su turbulenta juventud, y así era como le gustaba vivir. El legendario chico malo se negaba a que Juno Delamare lo juzgara por rechazar la invitación de boda de su hermano.

Mac no podía olvidar a la peleona Juno, de modo que acudió a la boda para evitar sus críticas... y para quitarle el vestido de dama de honor. Cuando su apasionada noche llegó a oídos de la prensa, Mac se la llevó a su casa de Los Ángeles, donde mantuvieron una breve pero ardiente aventura.

La gerente y el famoso actor de Hollywood